Couvertures supérieure et inférieure
manquantes

VOYAGE

A TRAVERS L'AMÉRIQUE DU NORD

2ᵉ SÉRIE GRAND IN-8°.

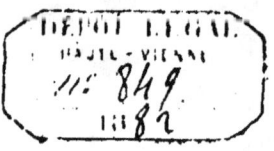

VOYAGE

A TRAVERS

L'AMÉRIQUE DU NORD

WILLIAM CLARKE & Cᴵᴱ

PAR E. PARÈS

LIMOGES

EUGENE ARDANT ET Cⁱᵉ, ÉDITEURS.

VOYAGE

A

TRAVERS L'AMÉRIQUE DU NORD

I

Coup d'œil général sur le Canada et ses habitants.

Québec!...

Ce nom seul suffit encore aujourd'hui à faire vibrer la corde patriotique au cœur de tout Français, évoque tout un monde de souvenirs glorieux, mais attristants aussi... Qui n'a entendu parler de cette ville construite sur ce fleuve magique, le Saint-Laurent découvert en 1535 par notre compatriote Cartier? Qui ne sait que Québec était autrefois la capitale du Canada français, notre plus belle colonie? Qui ne regrette sa possession?...

Le Canada, dont les fondateurs, les premiers colonisateurs furent des Français, a conservé encore les mœurs, les usages, le culte, le parler même de la mère patrie. Dans de grandes fermes faites de troncs superposés ou de pierres blanchies à la chaux, vivent des hommes énergiques, courageux, Français de cœur et se vantant encore, avec une naïveté qui serait risible si elle n'était pas touchante, de parler dans toute sa pureté la langue de Molière et de Corneille; là le Français est un frère, l'Anglais un ennemi...

La population du Canada est fort mélangée pourtant : à
côté des Canadiens pur sang, descendant en droite ligne des
premiers conquérants et fort attachés à la religion catholique romaine, sont des Irlandais en grand nombre, des
Anglais, des Yankees presbytériens, des hommes à la
stature herculéenne, au visage cuivré, nés de pères européens et de mères indiennes.

Les trois principales villes du Canada sont Québec,
Montréal et Ottawa, les deux premières sur le Saint-
Laurent, la troisième sur la rivière dont elle porte le
nom.

Le territoire du Canada, sujet à bien des contestations
de la part des Français et des Anglais d'abord, des Anglais
et des Américains ensuite, et qui ne fut définitivement
délimité qu'en 1818, formerai à lui seul, partout ailleurs
qu'en Amérique, un État puissant. Son climat rappelle celui
de la France, il est égal, sain, mais les étés y sont plus
excessifs, les hivers plus rigoureux. La grande artère qui
le traverse, le Saint-Laurent, reçoit de nombreux affluents :
le Saguenay, le Saint-Maurice, l'Ottawa pour ne parler
que des principaux ; et ces cours d'eau qui promènent leurs
méandres capricieux à travers les plaines sans bornes, se
creusent des lits dans les défilés des montagnes ou bondis-
sent en torrents, en rapides par dessus les noirs *chicots*,
donnent à la végétation une sève, une exubérance magique.

La population presque entière est adonnée à l'agriculture.
Les fermes, nous l'avons dit plus haut, sont généralement
faites de troncs d'arbres superposés ou encore bâties en
pierres. La première manière, qui était celle des premiers
colons, alors que l'absence d'ouvriers, l'abondance des
chênes et des érables parmi lesquels la hache n'avait qu'à
choisir, rendaient cette construction plus facile, tend à disparaître pourtant. Ces *blockaus* fortifiés contre les attaques
des sauvages sont inutiles aujourd'hui et offrent un aliment

trop facile au terrible fléau de ces régions : le feu... Aussi
les maisons de pierres, gaies, papillottantes sous leur blanc
badigeon, leurs grands toits de tuiles rougeâtres, se font-
elles de plus en plus nombreuses.

Parfois ces maisons sont isolées, éloignées les unes des
autres de plusieurs milles; parfois, au contraire, elles se
rejoignent, se groupent au bord d'un lac, d'un ruisseau en
gracieux villages que domine le clocher aigu d'une petite
église catholique; et, avec leurs murs blancs, leurs énormes toits rouges que la mousse brode de dessins fantasques,
tranchant sur un fond de verdure qu'éclaire un soleil de
feu, semblent un gai décor d'opéra comique.

A côté des productions essentiellement américaines,
croissent toutes les plantes d'Europe. Ici sont d'immenses
plantations de maïs, de tabac, de blé, de pommes de terre;
là des pâturages s'étendent à perte de vue comme une mer
houleuse; ailleurs de sombres forêts de pins, de mélèzes,
de cyprès, d'érables rouges si précieux pour le sucre qu'ils
donnent, grimpent de long des montagnes et des collines
rocheuses.

Les merisiers, les pruniers, les cotonniers sauvages couvrent de vastes espaces : sur les bords des lacs et des
rivières croissent des roseaux aussi hauts que des hommes,
des saules chevelus, des joncs, des oseraies, mille plantes
aquatiques parmi lesquelles on remarque le lys, le nénuphar
aux grandes fleurs diversement coloriées.

Mais il ne fait pas bon s'écarter dans ces solitudes! Si
les lièvres, le renard argenté, le cerf, le chevreuil, mille
oiseaux au plumage chatoyant, à la chair exquise, offrent
une proie assurée au chasseur, dans les profondeurs des
forêts grognent des ours terribles, des loups affamés, et il
n'est pas rare de se trouver subitement face à face avec un
lynx, un couguard ou un horrible *grizly*.

Les animaux à fourrure ont de tout temps été la grande

ressource du chasseur canadien. Tous les romans ont popularisé ces types merveilleux, ces aventuriers vivant des années entières en pleine forêt où ils s'élèvent de misérables huttes (1) bravant l'hiver, le froid mortel, les horribles chasse-neiges, l'été la chaleur torride, ne communiquant que très-rarement avec les Indiens nomades. Ces enfants perdus de la civilisation qui, la hache à la main, le fusil sur l'épaule, quelques provisions sur le dos, s'aventurent à travers les plaines et les montagnes, des rives de l'Atlantique à celles du Pacifique, comptant sur leurs jambes pour les porter, leurs fusils pour les nourrir, leur courage et leur sang-froid pour se tirer d'affaire.

Les premiers pionniers qui parvinrent d'une mer à l'autre, traversant ainsi l'Amérique du Nord dans sa plus grande largeur furent des Canadiens français...

Honneur à eux!

Beaucoup de ces hommes intrépides, qui, nés sur ce sol d'Européens et d'Indiennes, joignent à la ténacité, à l'esprit rusé de leurs mères, le courage, l'intelligence de leurs pères, n'ont d'autre profession que celle de guider les voyageurs dans ces régions perdues.

Mais si la race blanche, c'est-à-dire le progrès, la civilisation, avance chaque jour d'un pas sûr et ferme, conquiert sans cesse poussée par cette fièvre de déplacement qui fait que l'homme aujourd'hui trouve le monde trop étroit pour lui, il ne faut pas croire que la race rouge ait disparu du sol.

Hélas! combien cependant sont réduits, abrutis, dégénérés ces libres enfants du désert qui, il y a un siècle à peine, régnaient en maîtres dans ce pays qui était leur? Où sont-ils ces hardis guerriers qui prêtaient leur concours à Wolfe, à Montcalm, les deux plus grandes figures de la

(1) *Log-houses* ou *log cabins*, huttes que les bûcherons, les trappeurs élèvent dans les bois.

guerre anglo-française? Toute poésie, toute vaillance a disparu. Les uns convertis à la religion catholique, affublés des loques que le goût moderne a jeté sur nos épaules, vivent dans les fermes, font métier de trappeurs, de pilotes sur les fleuves; les autres, indomptables, mais renonçant à une résistance que tant de preuves leur ont démontrée impossible, errent misérablement le long des lacs supérieurs, dans les neiges de l'extrême nord, n'ayant pas toujours de feu dans leurs *wigwams* (1), une tranche de bison à donner à leurs malheureuses *squaws* (2), à leurs enfants faméliques.

La famine, les maladies contractées parmi les blancs, l'ivrognerie surtout les déciment cruellement.

Aussi que de haines s'amassent dans ces rouges poitrines! Que de souvenirs de honte et d'ignominie font tressaillir ces hommes qui ne connaissent qu'une loi : le talion, qui n'honorent qu'une vertu suprême : la vengeance! Et quand la nuit vient sombre, sans étoiles, malheur au pionnier de l'extrême frontière qui n'a pas solidement fortifié sa demeure, verrouillé, barricadé sa porte! L'homme rouge sait attendre, il choisit son heure, et c'est toujours avec la rapidité de la foudre qu'il fond sur sa proie. Alors la flamme brille, les coups de feu retentissent éclairant de leurs lueurs fugitives les corps rouges et musculeux des guerriers tourbillonnant comme le vent sur leurs petits chevaux. Tout ploie, tout s'effondre devant eux, et le malheureux colon, frappé le premier, voit encore dans un suprême regard sa femme, ses filles emmenées en esclavage, à moins que leurs chevelures maculées de sang n'aillent, trophées hideux, orner la ceinture des chefs...

Et la civilisation assiste impassible à de telles horreurs qu'elle a en quelque sorte provoquées! Elle fait plus : elle

(1) Loges indiennes.
(2) Femmes indiennes.

sème la discorde, la dissension parmi ces hordes misérables, les pousse à s'égorger, à se détruire elles-mêmes; elle met dans leurs mains le feu qui tue, le wiskey qui abrutit, et asseoit tranquillement sa puissance sur tant de ruines et de désastres.

En est-elle responsable? Non sans doute : c'est la conséquence inévitable du progrès. Il faut que l'homme marche toujours, incessamment comme l'Ahasvérus de la légende, sans entrevoir la fin de ses peines, sans savoir où il se reposera un jour, sans même être sûr du lendemain. Tout obstacle doit être brisé, renversé. Aux hommes nouveaux il faut un monde nouveau; les peuples sombrent, mais l'idée surnage...

L'Amérique du Nord, aujourd'hui offre ce coup d'œil saisissant du triomphe du progrès sur la barbarie, d'un monde nouveau ouvert à la civilisation. L'Asie restée stationnaire dans sa marche en avant attend aussi son heure; demain viendra le tour de l'Afrique.

L'homme n'a pas choisi ses voies; sa mission lui a été imposée, et il marche toujours, encore, ne se demandant même pas si les ruines, les désolations qu'il laisse sur son passage sont son œuvre plutôt que le résultat d'une loi fatale qui durera tant que le monde durera.

Mais cette longue digression — intimement liée pourtant au sujet que nous traitons — nous a fait perdre de vue notre objectif.

Revenons à Québec.

La ville est bâtie sur la rive gauche du Saint-Laurent que traverse le railway venant de New-York. Comme toutes les places fortes anciennes, elle grimpe le long d'une colline — le cap Diamond — et se divise en ville haute et en ville basse, l'une couverte des nombreuses constructions indispensables à un grand port de commerce, l'autre de maisons hautes et monumentales.

« Avec ses maisons d'une éclatante blancheur, relevées
» de vert ; attachées au flanc d'une haute colline qui a l'air
» de se dresser au milieu du grand fleuve pour en barrer le
» passage, Québec, disent MM. Milton et Cheadle, a une
» beauté qui frappe au-delà de toute expression. »

Québec est riche en monuments. Les uns sont bas,
écrasés mais trapus et datent de la domination française, du
temps où Champlain construisait des forts, élevait des
casernes et des remparts ; les autres, plus légers, appar-
tiennent au style anglo-saxon. Parmi les premiers il faut
compter l'université, le séminaire datés du xviie siècle, la
cathédrale un morceau splendide qui ne dépasserait pas
une de nos grandes villes, l'évêché, les couvents, etc.

Les quais contrairement à ceux de New-York, sont bâtis
en solides pierres de taille. Beaucoup de rues, comme dans
les cités du moyen-âge, grimpent tortueuses, accidentées,
semblables à des escaliers de géants le long de la colline au
sommet de laquelle se dresse un vieux fort construit par
les Français, mais qu'abritent aujourd'hui les couleurs
anglaises. Ailleurs de vastes espaces apparaissent tout
ensoleillés, tout couverts de fleurs, de verdure d'où émergent de blanches statues de marbre, les frontons capricieux
des fontaines publiques.

Tel est Québec...

———————

II. — **Dans lequel on fera connaissance avec William Clarke,
l'usurier de la rue Casse-Cou.**

Le 6 juin de l'année 187... tombait justement un dimanche, jour sacré dans toutes les villes anglaises, à tel point
qu'il est absolument interdit de se livrer à aucun travail,
l'idée religieuse absorbant tout.

Ce jour là les postes, les télégraphes, les théâtres, cafés-concerts, services publics chôment rigoureusement : c'est à peine si les tramways et les chemins de fer ont le droit de rouler, tant le puritanisme a exagéré le repos dominical.

L'esprit catholique est bien plus tolérant... Mais passons...

Il pouvait être huit heures du matin. Le ciel sombre roulait de gros nuages gonflés d'électricité, que traversait par moment un gai rayon de soleil dont les reflets éclatants illuminaient fugitivement les grands toits d'ardoises ou de zing de la ville basse, les tuiles rougeâtres des édifices saxons. La chaleur était accablante. Aucun souffle ne vibrait dans les branches des arbres qui ornaient les squares et les places ; le Saint-Laurent glauque et terreux semblait congelé tant sa surface était immobile.

Les braves bourgeois, qui, sur le pas des portes, essayaient de respirer dans cette fournaise, hochaient mélancoliquement la tête en murmurant cette vérité incontestée :

— Il y a de l'orage dans l'air !

— C'est certain ! reprenaient d'autres. Le fleuve se recueille pour mieux rugir, et gare au vent du large !... Il y a dans l'est des nuages qui ne disent rien de bon...

— Il ne fait pas bon en pleine mer... ajoutaient de nouveaux causeurs.

Mais les cloches tintaient gaiement, appelant les fidèles aux offices : chacun répondait à leur voix, et, tandis que les uns, graves, recueillis comme s'ils étaient appelés à remplir un sacerdoce, s'acheminaient vers les temples presbytériens, les autres, en plus grand nombre, un livre de messe sous le bras, prenaient la direction de la cathédrale.

— Le révérend David Hall fera un discours sur la vie future ! disait-on dans un groupe.

— C'est monseigneur l'évêque qui donnera l'absolution, disait-on dans un autre.

Et réformés et catholiques tiraient chacun de leur côté.

Laissons-les et aventurons-nous dans la rue Breakneck, si bien nommée *Casse-Cou*, qui, avec les larges escaliers de granit aux degrés usés par plusieurs générations, semble vouloir escalader le ciel.

Des deux côtés de cet escalier bizarre, qui est une rue pourtant, sont de grandes maisons, des échoppes habitées par des ouvriers, des petits commerçants. Presque toutes les enseignes qui surplombent sur la rue, suspendues à des tringles de fer comme au bon vieux temps, mais non sans danger pour les passants, sont libellées en français ; et, dans les jours ordinaires, le gai babil des artisans, des boutiquiers qui, sans gêne, élisent domicile sur le pavé, les cancans, les commérages des femmes prouvent surabondamment que l'élément latin domine dans ces parages.

Arrêtons-nous en face d'une de ces maisons dont les deux fenêtres du premier étage sont ornées d'écussons de tôle où, sur un fond noir, se détachent ces mots en lettres d'or :

CABINET D'AFFAIRES
William Clarke And Cᵒ.

Un jour terne et tamisé par d'épais rideaux de cotonnade qui pendaient aux fenêtres éclairait mal la grande pièce servant d'*office* ou de bureau. L'ameublement de cette chambre était atrocement banal et rappelait celui de tous les établissements de ce genre : un grand bureau en acajou, des casiers contenant des cartons verts soigneusement étiquetés, deux fauteuils, quelques chaises recouvertes de cuir vert, et c'était tout.

Au-dessus de la cheminée, une grande carte de l'Amérique du Nord était suspendue.

Au moment où nous pénétrons dans l'office, William Clarke est assis dans son grand fauteuil, la tête appuyée dans ses deux mains. Sur la tablette du bureau est un télégramme qu'il paraît lire et relire avec une attention soutenue.

C'est un homme d'une taille au-dessus de la moyenne, sec, maigre, déhanché, ce qui, avec ses cheveux d'un rouge vif, semble lui donner une origine irlandaise. Il peut avoir quarante ans; — nous disons il peut, car son visage glabre et sillonné de rides profondes, ses lèvres minces et sèches, son front bas et bombé pourraient aussi bien appartenir à un homme de trente ans. D'épaisses lunettes bleues cachent entièrement l'expression de son regard : c'est dans sa mise un peu vieillotte qu'il faut avant tout rechercher son âge.

Il se dit *homme d'affaires*. En effet, le mot est élastique et se prête à toutes les interprétations possibles. La vérité est que Master Clarke est tout simplement un vulgaire prêteur sur gages, un *pawnbroker*, dont l'industrie fuit le grand jour, un brasseur d'entreprises véreuses et frisant de près la prison.

Soudain il se releva, et froissant le télégramme dans sa main crispée le rejeta au loin.

— C'est intolérable! murmura-t-il; j'étouffe dans cette atmosphère viciée! Quoi! j'aurai lutté jusqu'au bout, échappé par miracle à la mort pour venir m'enterrer ici, annihiler mon esprit dans des combinaisons mercantiles, pour risquer à chaque minute la trahison d'un complice, la défiance de la police! Quoi! je me croiserai les bras quand là-bas dorment des millions! A quoi bon être possesseur d'un pareil secret, si ce secret doit périr avec moi?... Allons, Archibald, mon ami, du nerf, il est temps d'agir!...

Un violent éclat de tonnerre l'interrompit. Il écarta le rideau et regarda. La pluie tombait à flots et chassée par la violence du vent roulait en torrents, en cascades le long des gigantesques escaliers de granit.

Il appuya son front brûlant contre la vitre et parut réfléchir profondément, tout en regardant les pauvres bourgeois barbotter comme des canards dans deux pieds d'eau et de boue.

— C'est étrange! murmura-t-il, je ne puis voir un orage sans me rappeler cette nuit terrible. Oui, Nichols avait raison, il eut fallu les tuer... Oh! cet homme... je le hais!... Il est heureux, lui, tout lui sourit... Mais je me vengerai... Il le faut!...

En ce moment la porte s'ouvrit, et un enfant d'une douzaine d'années, pâle, souffreteux, vêtu d'une livrée fantaisiste, passa sa tête ébouriffée dans l'entrebâillement.

— Que voulez-vous, Dick? Vous savez bien que je n'aime pas à être dérangé... grommela William Clarke.

— C'est un homme qui demande à vous parler pour affaires.

— Pour affaires!... Qu'il aille au diable... l'office est fermé aujourd'hui.

— Ne m'envoyez pas si loin, monsieur Clarke... fit un grand gaillard qui pénétra sans façon dans la pièce. Le *boy* (1) a bien dit *affaires;* mais il n'a pas ajouté *affaires importantes.*

— Revenez demain.

— Et puis-je attendre, by-God! dit le nouveau venu avec découragement. Il faut manger, même le dimanche... Ecoutez, monsieur Clarke, je suis venu à vous qu'on dit secourable au pauvre monde et pas trop... difficile sur la provenance des objets qu'on vous offre... Ne me repoussez pas.

William le foudroya d'un regard indigné.

(1) Enfant.

L'homme eut peur.

— Ne me chassez pas, Monsieur! reprit-il en joignant les mains. Jenny et les enfants n'ont rien mangé depuis avant hier, et dans de pareils moments je vois rouge, je commettrais un crime pour un penny... Par pitié, écoutez-moi... Tenez, regardez ces objets... prenez-les pour ce que vous voudrez... pour la moitié, le quart de leur valeur... pour une bouchée de pain...

Et d'un mouvement brusque il jeta sur la tablette du bureau une montre de femme en or, enrichie de brillants et une longue chaîne en or également.

D'un coup d'œil rapide, William évalua la valeur de ces objets, puis son regard s'abaissa sur le malheureux suppliant, et il sourit.

— De pareils bijoux ne se trouvent pas ordinairement en la possession de gens tels que vous, dit-il d'une voix sévère; ils proviennent évidemment d'un vol...

L'homme courba la tête.

— Jenny et les petits ont faim... murmura-t-il d'une voix sourde.

— Mon devoir, continua l'usurier, serait de faire appeler un constable et deux policemen et de vous remettre entre leurs mains. La prison, vous le savez, ne chôme jamais, pas même le dimanche.

L'homme tressaillit; une pâleur mortelle envahit son visage, et sa main crispée se noua convulsivement autour du manche d'un poignard caché sous ses loques.

— Mais je n'en ferai rien, continua William Clarke sans paraître remarquer ce mouvement gros de menace. Vous m'avez l'air d'un bon compagnon et je veux vous obliger. Mais auparavant, dites-moi comment vous vous nommez...

— Bob Thorps, répondit l'homme.

— Vous n'avez aucun métier?

— On fait ce qu'on peut, Monsieur. Parfois je travaille sur les quais au chargement et au déchargement des navires; je vends des allumettes, des crayons, du papier à lettre dans les rues; je distribue des imprimés quand l'occasion s'en présente.

— Je comprends... Vous avez été condamné... vous avez volé...

— Deux fois seulement... Mais c'était pour donner du pain aux petits... répondit Bob Thorps tristement. Par pitié, Monsieur... le temps se passe et les enfants attendent...

— Voici dix livres, c'est tout ce que je peux vous prêter sur ces objets, dit William Clarke qui ouvrit son coffre-fort et en tira quelques pièces d'or qu'il mit dans la main de Bob. Maintenant signez-moi ce ticket et nous serons en règle.

Bob empocha joyeusement les dix livres (1) et signa sans le lire le papier que l'usurier avait rapidement libellé.

— Un mot encore et vous êtes libre, continua William Clarke. Je suis sur le point d'entreprendre une campagne périlleuse, mais qui rapportera gros. Pour cela j'ai besoin d'hommes énergiques, prêts à tout et peu scrupuleux... Voulez-vous en être, et avant six mois votre fortune sera faite?

Bob réfléchit un moment.

— Eh bien?

— J'accepte! répondit Bob Thorps brusquement. S'il y a des coups à donner, des profits à faire, je suis votre homme; au besoin même je vous trouverais une douzaine de gaillards de ma trempe. J'habite les faubourgs de l'est; à quelque heure du jour ou de la nuit que vous veniez, je serai là..

_____
(1 Deux cent cinquante francs.

Il salua une dernière fois et sortit faisant sonner dans ses poches l'or que l'usurier venait de lui compter.

Un sourire de triomphe entr'ouvrit les lèvres de William.

— La partie n'est pas encore perdue ! murmura-t-il

Il ramassa le télégramme qu'il avait si brusquement jeté quelques minutes auparavant et le parcourut de nouveau avec une attention soutenue.

Voici ce qu'il contenait :

« Boston, 5 juillet 187... — H. L., sa femme et G. partis » avant hier sur steamer *Eagle* pour Québec et Montréal.

» Avisez ! »

— Ainsi ils viennent ! continua William ; ils accourent au devant de ma haine ?... Ah ! je le disais bien : la fortune me sourit encore ; les millions qui dorment sur les rives du Susquehanna m'appartiendront bientôt !... Avec des hommes comme Bob Thorps on peut tout oser... Vienne donc le jour de la lutte, je suis prêt !..

« Hector Lassalle, Goliath, nous nous reverrons ! »

Suffoqué par l'excès de sa joie, il se laissa tomber dans un fauteuil, et la tête ensevelie dans ses deux mains, il se prit à songer longuement.

III. — Ce que lut William Clarke dans le journal de Québec.

Quel était cet homme, ce William Clarke que nous venons d'entrevoir ?

Ceux de nos lecteurs qui ont suivi avec attention notre dernier ouvrage : *La Succession d'Ichabod Creikfoorth* n'auront aucune peine à mettre un nom sur cette face cynique : ils reconnaîtront Archibald Loyton, le sinistre gredin qui, en compagnie de ses dignes amis Nichols Godvolke et

Goliath, avait assassiné le vieil américain et tenté de se substituer à Hector Lassalle.

Ils se rappelleront encore cette suite d'événements tragiques qui se sont déroulés de New-York à Washington, continués de Washington à San-Francisco, pour finir par une catastrophe terrible sur les rives du Mississipi

Mais comment se fait-il que cet homme que tous croyaient mort reparaisse aujourd'hui? Pourquoi le retrouvons-nous à Québec

Ceci mérite quelques explications.

On se souvient de la mort atroce de Nichols Godvolke, de ce moment plein d'angoisses terribles où, repoussant brusquement les constables qui, conduits par Weddy, avaient fait invasion dans la petite chaumière, le bandit s'était précipité dans les flots en lançant une dernière malédiction.

Mais mourir n'était pas l'intention d'Archibald Loyton!... Il avait soif de vengeance, il voulait vivre pour assouvir la haine qui le dévorait. Nageur intrépide, tantôt sous l'eau, tantôt caché par les grandes masses de plantes aquatiques, il était parvenu, après un détour habile à regagner la rive, il était sauvé!...

Toute la nuit, protégé par l'ombre épaisse, il avait entendu les cris, les appels de ses poursuivants, le bruit avait cessé pourtant : alors, se glissant comme un Indien au milieu de ce fouillis d'herbes, de lianes, de roseaux géants qui bordent le Mississipi, évitant les routes frayées, coupant à travers les plantations de cannes, de cotonniers, de bananiers, il s'était mis en route. Sa ceinture, par bonheur, était encore bourrée de banknotes et de dollars, de sorte que, parvenu à Jackson, après cinq jours de marche prudente, il lui avait été facile de prendre le railway pour New-York, et, de là, pour Québec.

Le misérable n'avait pas renoncé à sa vengeance, mais il

lui fallait attendre, dépister les recherches qui pouvaient se
faire, devenir un autre homme enfin. Avec une partie de
l'or qu'il possédait encore, il avait acheté un cabinet
d'affaires véreuses, un vaste entrepôt connu de tous les
gens sans aveu de Québec et des environs qui, sous prétexte d'emprunter sur des objets qui n'étaient jamais
dégagés, venaient y vendre à vil prix le produit de
leurs vols.

Les dentelles, les étoffes précieuses, les fourrures soigneusement empaquetées, l'argenterie, les bijoux réduits en
lingots étaient à de certaines époques expédiés à New-York
ou dans les autres grands centres de l'Union, chez des correspondants sûrs et qui pouvaient écouler le tout sans faire
naître de soupçons. Comme on le voit, c'était une association
puissante et possédant des ramifications un peu partout.

Archibald Loyton, ou William Clarke, puisque tel était
le nouveau nom qu'il s'était choisi, vivait donc tranquillement, voyait chaque jour s'arrondir sa petite fortune quand
un fait insignifiant en apparence, un article du *Journal de
Québec*, vint le tirer de sa douce quiétude et le lancer dans
de nouvelles aventures

C'était le lendemain du jour où, pour la première fois,
nous avons franchis la porte de l'*office*.

La tempête qui s'était déchaînée la veille n'avait rien
perdu de sa violence. La pluie tombait toujours à torrents,
inondant les places et les rues des bas quartiers; un vent
violent soufflait à enlever les tuyaux de cheminées et faisait
moutonner les eaux du fleuve où n'apparaissait aucune
barque.

C'était un temps horrible...

Soigneusement drapé dans les plis d'une grande robe de
chambre, surveillant par la porte entrebâillée deux commis
travaillant dans la pièce voisine, William parcourait ses

journaux quand, tout à coup, son regard tomba sur l'article suivant :

« On télégraphie de Douglas :

» Cette nuit, pendant la tempête violente qui s'est abattue
» sur le Canada, le steamer *Eagle* de New-York, chargé en
» destination de Québec et de Montréal, ne pouvant résister
» aux assauts des lames hautes et chassées par un furieux
» vent du sud-ouest, a manqué l'entrée du Saint-Laurent
» et est allé s'échouer à quelques milles plus loin sur les
» côtes basses et sauvages qui confinent au Labrador

» Aussitôt la nouvelle du naufrage connue, des secours
» ont été envoyés... Mais trop tard ! les sinistres pilleurs
» d'épaves du littoral mettant à profit une nuit réellement
» infernale avaient complétement pillé le navire. Douze
» cadavres ont été retrouvés sur la grève ; mais le nombre
» des victimes doit être plus élevé... Quant aux passa-
» gers, au reste de l'équipage, ils ont tous disparu. On se
» trouve en présence de deux hypothèses : ou les survivants
» se sont embarqués dans les chaloupes, et alors Dieu seul
» sait ce qu'ils sont devenus, ou ils ont été entraînés dans
» les terres par les bandits qui ne les relâcheront que
» contre rançon...

» Nous avons envoyé sur les lieux nos meilleurs *repor-
» ters*, à bientôt donc de nouveaux détails... »

William abandonna le journal et bondit sur ses pieds.

— L'enfer est pour moi, murmura-t-il ; il prend soin de
ma vengeance... Oh ! s'il était mort ? ce serait trop de
bonheur !... Il faut savoir, oui, il le faut... D'un autre
côté, je veillerai, et, s'il est au pouvoir des pilleurs
d'épaves, *il* n'en sortira pas vivant... Allons, ajouta-t-il
avec un sourire sinistre, mon étoile brille d'un nouvel éclat,
tâchons de l'embellir.

Tout en parlant, il avait gagné sa chambre à coucher,

s'était dépouillé de sa robe de chambre qu'il remplaça par une lourde houppelande, et avait chaussé des bottes fortes et ornées d'éperons. Cela fait, il glissa deux revolvers dans ses poches, un poignard sous son gilet, et, revenant dans l'office, puisa à pleines mains dans son coffre-fort.

Puis il revint vers les deux clercs.

— Messieurs, dit-il, je suis forcé de m'absenter pour quelques jours peut-être. En mon absence vous suivrez les ordres de M. Wood que je vais faire prévenir et qui prendra ma place ici

Les deux scribes courbèrent docilement la tête. William Clarke sonna Dick.

— Faites seller mes deux chevaux, ordonna-t-il, et conduisez-les au-dessous du rempart ; je vous retrouverai là.

— Vous sortez par ce temps ! fit l'enfant étonné. La pluie tombe à flots et le vent menace de jeter à bas le vieux château..

— Qu'importe ! obéissez...

L'enfant sortit ayant William sur les talons. L'homme d'affaires descendit rapidement la rue Casse-Cou, ayant parfois de l'eau jusqu'au mollet. Mais, enveloppé dans sa vaste houppelande, un bonnet de fourrure tiré sur les yeux, il pouvait braver l'orage.

— Le trouverai-je ? murmura-t-il. C'est probable. Le coquin a encore de l'argent, et la seule chose que je puisse craindre c'est qu'il ne soit déjà saoûl comme un Irlandais... Mais le vent et la pluie le dégriseront bien vite.

Bob Thorps logeait dans les faubourgs de l'Est, qui, quoiqu'habités en partie aujourd'hui par de braves ouvriers, ont encore conservé la sinistre réputation qu'ils avaient au siècle dernier et même au commencement de celui-ci. Alors on ne parlait que de vols, d'assassinats, d'attaques à main armée. Aujourd'hui les crimes sont plus rares ; mais, mêlée à la population ouvrière, toute une tourbe de gens sans aveu y vit encore aux dépens du public.

D'ailleurs, c'est le quartier des pauvres, de ces pauvres volontaires descendus à force de vices au dernier échelon de la civilisation, et qui, heureux en quelque sorte de leur abjection, ne tentent aucun effort pour en sortir. La nuit, ils gîtent un peu partout, dans des caves, dans des maisons branlantes et crevassées ; le jour, vêtus d'un reste d'habit noir, d'une loque de robe de soie, ils arpentent les rues, les squares, ramassant des bouts de cigares, offrant au public des allumettes, des imprimés, du papier à lettres, des fleurs ; mais leur véritable industrie est le vol et l'escroquerie.

William connaissait cet enfer. Il n'eut donc aucune peine à s'orienter, et le premier *rough* (1) qu'il rencontra lui indiqua sans hésiter la maison de Bob Thorps.

Cette maison — ce bouge plutôt — n'était guère avenante, il faut l'avouer. Toute la famille n'occupait qu'une seule pièce creusée comme une cave dans les fondations et à laquelle on arrivait par un escalier aux marches inégales et branlantes. La porte, toujours ouverte, servait aussi de fenêtre et ne laissait passer qu'un jour avare et à peine suffisant pour éclairer les murs brillants de salpêtre, le sol boueux, le misérable grabat qui remplaçait le lit, la table, les escabelles et les quelques ustensiles en ferblanc composant tout le mobilier.

William se trompait : Bob n'était pas ivre ou du moins n'avait pas bu outre mesure, bien qu'une bouteille de *gin* se trouvât encore sur la table en compagnie des reliefs d'un plantureux repas. En ce moment, assis, les jambes croisées,

(1) Voyou.

sur une escabelle, il fumait sa courte pipe, regardant avec satisfaction trois enfants, dont l'âge variait entre deux et neuf ans, à peine vêtus de quelques haillons sordides, se disputer quelques fruits tombés sur le sol fangeux.

Sa femme, Jenny, une pâle créature de trente ans à peine, aux cheveux d'un blond sale, aux grands yeux bleus, au visage émacié, flétri par les privations, assise sur le grabat, berçait doucement un quatrième enfant.

— Vous êtes pâle, vous êtes fatiguée, Jenny, dit Bob en versant un plein gobelet de gin. Laissez là l'enfant, qui dormira aussi bien sur le lit que sur vos genoux, et buvez ce verre de gin : il vous remettra...

Jenny hocha tristement la tête.

— Je n'ai pas soif de gin, dit-elle. Ce qui me rend triste, Bob, c'est cette abondance qui règne aujourd'hui chez nous quand hier matin encore nous n'avions pas une bouchée de pain à nous mettre sous la dent... c'est de savoir d'où provient cet or que j'ai vu briller dans vos mains...

— Et que vous importe, Jenny ! répliqua brutalement le bandit. J'ai trouvé des âmes charitables qui ont pris notre misère en pitié... voilà tout...

Pour la deuxième fois, Jenny secoua mélancoliquement sa tête pâle.

— Les âmes charitables sont rares aujourd'hui, reprit-elle. Si nous étions juifs, catholiques, si nous étions des sauvages africains ou Indiens, je comprendrais que les sociétés secourables s'occupassent de nous, car une conversion est toujours un honneur pour celui qui l'a faite. Mais nous sommes de bons presbytériens, Bob, et on nous laisse sans scrupule crever de misère...

Jenny, avec son gros bon sens de femme du peuple, venait de faire allusion à ce sentiment égoïste et vaniteux qui guide toujours l'esprit anglais. Les fils de la blanche

Albion sont de grands *convertisseurs* devant l'Eternel.
Qu'il soit question d'un juif, d'un catholique, d'un païen,
leur zèle est toujours le même, et rien ne leur coûte, sup-
plications, promesses, secours abondants, dons en argent,
pour gagner une âme de plus au protestantisme ; mais là
s'arrête leur touchante sollicitude ; et quand la dupe, cir-
convenue, moralement garrottée par leurs arguments
spécieux, a renié sa croyance, leur vanité est satisfaite, ils
l'abandonnent à ses regrets, à son désespoir pour voler à
d'autres conquêtes.

Bob n'avait pas répondu.

— Vous ne m'écoutez pas... reprit Jenny.

— Si s'écria Bob qui s'était redressé, si, je vous entends !... Mais est-ce notre faute à nous si la société nous
traite comme des chiens ? Le chien ramasse sa nourriture
où il la trouve, sans s'inquiéter d'où elle vient... pourquoi
ne ferions-nous pas comme les chiens...

En ce moment une haute silhouette se dessina dans l'en-
cadrement de la porte.

— Qui vient-là ? fit Bob pendant que Jenny se cachait
dans l'ombre.

— Bob, dit le nouveau venu qui n'était autre que William Clarke, je viens vous rappeler votre promesse... Êtes-
vous prêt ?

— Nous partons ? interrogea Bob qui au visage de
Clarke vit bien qu'il s'agissait de choses sérieuses. Et
pour où ?...

— Pour le Labrador ! répondit William d'une voix
brève.

IV. — Les Pilleurs d'Épaves

Le Labrador, cette immense contrée qui confine au cercle polaire, est encore à peu près désert aujourd'hui. Un sol ingrat qui ne produit que des lichens, des mousses, des bruyères, des chênes et des pins rabougris ; d'innombrables rochers aux formes bizarres, semés pêle-mêle et comme au hasard au milieu des plaines, en travers des rivières ; des montagnes taillées à pic, des falaises hautes et dentelées contre lesquelles le flot s'écrase en bouillonnant, un climat extrêmement rigoureux s'opposent et s'opposeront toujours à toute tentative sérieuse d'établissement dans ces tristes parages.

Les plaines couvertes de neige une bonne partie de l'année, les montagnes conservant éternellement leurs blanches parures de frimas sont abandonnées aux loups, aux renards, aux viscoris, aux marmottes, aux rats musqués si précieux pour leurs fourrures, aux ours enfin. L'aigle rapace, le vautour, le corbeau nichent dans les anfractuosités des rochers et font entendre tout le jour un concert étrange et discordant ; les goëlands, les pluviers, les mouettes marines tourbillonnent en vols immenses au-dessus des grèves sauvages et éternellement battues par un ressac furieux.

Ces côtes, du cap Chudleigh au cap Saint-Charles, sont fameuses par les naufrages qu'elles ont causés.

Il n'est pas d'année où des navires, venant des mers polaires, de Terre-Neuve même, ne se brisent contre ces écueils redoutables.

Sans cette circonstance, le Labrador, peut-être, serait

complétement désert. Mais, de même que les corbeaux sentent de loin la curée et se précipitent pour y prendre leur part, de même l'homme pressent le naufrage, et dans les plus mauvais jours, alors que les flots et les vents font rage, on le voit, un croc à la main, descendre des rochers escarpés pour recueillir l'horrible butin que lui apporte la tempête...

Sous l'abri des rochers chaotiques et horriblement convulsés, dominés par de noirs sapins, on aperçoit de distance en distance des petites cabanes, des tanières plutôt, construites en pierres sèches et couvertes d'une toile à voile souvent, plus souvent encore de terre gazonnée.

Ce sont les repaires de ceux que le peuple dans son langage énergique appelle si justement des *oiseaux de tempêtes ;* là vivent dans une promiscuité hideuse des déclassés de toutes les nations, tourbe échappée à la prison et n'ayant d'autre industrie que le vol et le pillage.

Or, dans la nuit du 6 au 7 juin, il y avait grande réunion dans la cabane de Joë Thorps, véritable nid d'aigle juché au sommet d'un rocher bizarrement découpé et surplombant le rivage. La porte, qui remplissait en même temps l'office de fenêtre, était toute grande ouverte et permettait de voir, groupés auprès d'un feu de sapin qui éclairait plus qu'il ne chauffait, une vingtaine de gaillards vêtus comme des forbans et armés de même.

Quelques femmes, véritables mégères, apparaissaient comme des chouettes au milieu d'une bande de vautours.

A terre étaient des gaffes, des cordes et des haches.

— Lukie, dit tout à coup Joë Thorps à son estimable compagne, versez *gin* et *wiskey* à ces honorables gentlemen... sans oublier leurs épouses. Dieu me damne ! il y en aurait assez pour faire flotter un trois ponts qu'on le

boirait quand même ! ce diable de brouillard vous dessèche
le gosier plus que vent de suroit !

— Par saint Patrick, cette nuit nous sera profitable !
interrompit un Irlandais. Ecoutez... la rafale siffle à jeter
à bas cette misérable cassine et les sanglots des vagues
montent jusqu'à nous comme des plaintes de damnés...

— Hurrah donc ! et que le *gin* coule à flots. Femmes,
demain vous aurez des étoffes de soie et de velours, des
bijoux pour vous parer... Le vieux Neptune est notre pour-
voyeur... hurrah ! et qu'on boive !...

L'orgie se continuait atroce et atteignant toutes les
phases de l'ivresse. Hommes, femmes, enfants trempaient
leurs lèvres dans le *gin* empoisonné, riaient, chantaient
avec des contorsions horribles ; et le vent, pénétrant par la
porte ouverte, éparpillait sur les fronts les mèches grises
des chevelures incultes et rabattait violemment les flammes
dont les rouges reflets, donnant sur les murailles nues,
faisaient jaillir de l'ombre, livides, sinistres, toutes ces
faces de bandits !...

Soudain le tumulte cessa. Ned, le fils du vieux Thorps,
tout essoufflé, couvert de sueur, venait d'entrer dans la
cabane.

— Alerte ! cria-t-il. Du haut de mon observatoire j'ai
aperçu un navire que le vent et le ressac poussent violemment à la côte. Par la position et la couleur de ses feux
j'ai reconnu un grand steamer... Alerte ! il est à nous !...

— All right ! cria l'assistance transportée.

— Hatons-nous, reprit le jeune homme ; car les riverains
accourent déjà, et les premiers à la côte seront les premiers
au butin !

— En avant !...

Et la tourbe déguenillée, un bâton de pin enflammé
d'une main, un croc de l'autre, se précipita du haut du

rocher sur la grève par des sentiers à pic, en zig zag à épouvanter un chamois. La nuit était sombre et sans aucune étoile. Par moment seulement il se dégageait du sommet des vagues des lueurs phosphorescentes et sinistres.

Les lames s'élevaient à des hauteurs incommensurables, et, arrondissant leurs cimes en voûtes liquides, s'abattaient sur la grève avec un fracas terrible, blanchissaient de leur écume argentée d'immenses espaces qui surgissaient de l'ombre...

Sans ces lueurs phosphorescentes et fugitives, ces nappes d'écume blanchissant les ténèbres, il eut été impossible de distinguer le ciel de la mer.

Le navire, lui, apparaissait nettement grâce à ses feux nombreux. On entendait les appels rauques et sifflants de la vapeur ; on pouvait voir la coque désemparée, horriblement ballottée, s'élever comme un bouchon de liége au sommet des vagues les plus hautes, puis disparaitre au fond d'abîmes liquides...

Pour tous il était perdu... L'eussent-ils voulu, les naufrageurs, qui accouraient de tous côtés nombreux comme les mouettes au jour de l'orage, n'auraient pu le sauver... Ils le savaient et leur horrible joie n'avait pas de borne.

— Père, disait Ned, vous le voyez, il avance... Encore un quart d'heure, et il s'échouera sur la grève...

— A moins qu'il ne se défonce avant sur les écueils, répondit le pilleur d'épaves avec un gros rire. Mais qu'importe ! la mer est bonne nourricière, elle nous rendra notre part du butin... Cependant, Ned, veillez : les dragons doivent être en campagne, et, comme la dernière fois, ils pourraient troubler nos opérations.

Ned était un garçon bien dressé ; il s'éloigna aussitôt pour prévenir tout danger pouvant venir du côté de terre ;

car du côté de mer, il n'y avait évidemment rien à craindre.

— Préparez les crocs et les paniers ! cria Joëe Thorps ;
il va talonner !...

— Hurrah ! répondirent les naufrageurs.

Le steamer faisait vainement machine en arrière, non
pour reculer, la chose était matériellement impossible : le
vent et le flot le poussant à la côte ; mais pour rendre
l'échouage moins foudroyant... Debout sur la passerelle,
le capitaine, qui n'avait pas un instant abandonné son
poste, donnait ses derniers ordres avec un sang-froid
admirable. Autour de lui, les passagers s'attachaient des
bouées, des ceintures de sauvetage, regardaient d'un air
navré le ciel noir comme un drap mortuaire, les flots écu-
mants...

D'autres priaient...

A chaque instant sur le pont effroyablement incliné
s'abattaient d'énormes paquets de mer. Les passagers,
pour ne pas être emportés, étaient obligés de se cramponner aux manœuvres.

Le navire avait des soubresauts terribles.

Les lanternes que le vent n'avait pu éteindre jetaient sur
le pont une clarté funèbre.

Tout à fait à l'arrière, deux jeunes gens se tenaient étroitement enlacés, tandis qu'une sorte d'hercule, immobile
comme un roc, les bras croisés sur sa large poitrine, les
regardait avec une larme dans le regard.

— Jane, ma Jane bien aimée, Dieu se montre bien cruel
à notre égard... murmura le jeune homme accablé. A peine
unis, nous subissons déjà le poids de sa colère... il nous
faut mourir !

— Au moins la mort même ne nous séparera pas... murmura celle que le jeune homme appelait Jane et qui se
tenait craintivement appuyée contre sa poitrine. Unis dans

la vie, continua-t-elle avec un pâle sourire, nous serons encore unis dans la mort, nous partagerons le même tombeau...

— Par Dieu! fit l'hercule en tressaillant, ne dites pas de pareilles choses... Notre situation était autrement désespérée sur le *Columbia*, ce qui ne nous a pas empêché de nous en tirer sains et saufs... Pas de découragement! D'ailleurs, j'ai mis dans ma tête de vous sauver, et je réussirai, je le veux...

— La puissance humaine a des bornes, ami...

— Alors invoquons la puissance Divine, balbutia Jane. Dieu seul peut nous sauver...

En ce moment un des matelots poussa un cri qui domina les folles clameurs des éléments déchaînés

— Des hommes sur le rivage! fit-il. Ils viennent à notre aide!...

Le capitaine avait pâli.

— Les naufrageurs!... les pilleurs d'épaves! murmura-t-il; nous sommes bien perdus...

Au cri d'angoisse et de stupeur poussé par les naufragés, répondit un cri de triomphe parti de la grève.

Affolés, ivres de terreur, plusieurs passagers, une grande partie de l'équipage se jetèrent dans les chaloupes croyant ainsi échapper au triste sort qu'ils pressentaient.

— Jane, reprit le jeune homme en serrant énergiquement sa compagne sur son sein, la mort ou la délivrance nous trouvera réunis.

A peine achevait-il ces mots que le navire heurta un écueil complètement immergé. Malgré sa forte cuirasse, le choc fut si violent qu'il s'entrouvrit. Pénétrant en bouillonnant par cette ouverture, les vagues emplirent bientôt le navire qui, soulevé par le ressac terrible, alla s'échouer sur la grève.

— Du courage, dit encore l'hercule, et je réponds de tout...

Cependant le navire brusquement arrêté talonnait toujours sur le fond de roche ; les vagues hautes et pressées escaladaient ses flancs et retombaient lourdement sur le pont, aidant encore à sa destruction. Les derniers matelots, les derniers passagers, convulsivement accrochés aux débris qui flottaient de tous côtés, essayaient de gagner le rivage. On les voyait monter et redescendre, suivre l'impulsion du flot qui tantôt s'avançait, tantôt se retirait avec de rauques sanglots. D'autres, brusquement roulés, enlevés, allaient s'écraser contre les rochers : c'était un spectacle horrible...

Armés de gaffes, de crocs, de longues cordes, sans s'inquiéter des cris déchirants, des appels désespérés qui, par moments, dominaient la voix de la tempête, les naufrageurs s'occupaient de retirer, de mettre en sûreté les richesses que leur apportait le flot. Des branches enflammées à la main, les hideuses mégères éclairaient ce travail infernal ; insensibles aux âpres caresses de la rafale qui éparpillaient leurs cheveux flottants, aux douches glacées qui les couvraient parfois, elles riaient, chantaient, supputaient tout haut leurs profits.

Les cadavres s'amoncelaient sur la grève où quelques naufragés avaient pourtant réussi à prendre pied. Alors il s'éleva une clameur terrible : ces hommes dont la mer ne voulait pas avaient le droit de s'opposer au pillage de leur bien : ils pouvaient rapporter ce qu'ils avaient vu.....

— A mort!... cria Joë Thorps.

— A mort!... répète la foule.

Et les gaffes se levèrent, et les haches et les couteaux

brillèrent dans la nuit, et l'écho répéta comme une ironie sanglante ce cri des naufrageurs :

— A mort !!!..

V. — Les Montagnes Blanches d'Amérique.

Après la mort de Nichols Godvolko et la disparition mystérieuse d'Archibald Loyton, Hector Lassalle, on s'en souvient, était revenu à New-York en compagnie de son ami Aristide Bonneau, du détective Weddy et de Goliath.

Là le sceptique Parisien l'avait quitté pour retourner en Europe.

Contraint par les exigences de la succession Creikfoorth, Hector n'avait pas quitté l'Amérique où bientôt sa mère était venue le rejoindre.

Madame Lassalle, au moment où nous la retrouvons, n'avait pas encore cinquante ans. Grâce à cet heureux privilége des blondes, elle avait conservé intacte sa magnifique chevelure que ne parsemait aucun fil d'argent ; bien qu'elle eut beaucoup souffert, l'expression de sa physionomie n'avait pour ainsi dire pas changé : le même sourire de bienveillante bonté errait toujours sur ses lèvres rouges, ses grands yeux bleus, à demi-voilés sous de longs cils, reflétaient toujours la douce quiétude de son âme.

On l'aurait facilement prise pour la sœur aînée d'Hector.

A l'appel de son fils, elle n'avait pas hésité à franchir la mer pour se rapprocher de lui. L'Amérique d'ailleurs était sa patrie, et, quoique bien jeune à l'époque où elle l'avait quittée, elle avait toujours caressé la pensée de la revoir un jour.

Goliath, comme on le pense, n'avait pas non plus quitté Hector. Le brave garçon avait religieusement tenu sa promesse. Rompant avec le passé, il était devenu un honnête homme dans toute l'acception du mot. Hector en avait fait son intendant, son factotum, son homme de confiance en un mot

Prévoyant un assez long séjour en Amérique, Hector avait fait l'acquisition d'un charmant *cottage* situé près de ce fameux Prospeck Park de Brooklyn, promenade unique au monde, au dire des Yankees naturellement

Brooklyn, un des faubourgs de New-York, constitue à lui seul une ville splendide, grâce à ses parcs, ses squares, ses merveilleuses promenades. Presque toutes ses maisons sont habitées par des rentiers, de riches négociants qui viennent oublier au milieu des fleurs et des ombrages, au bord des lacs paisibles, des sources murmurantes l'activité fiévreuse de la *cité-empire* (1). Plus d'usines, de maisons de banque! plus de tripotages, d'agio! la fièvre de spéculation s'arrête au bord de l'East-River (2) qui sépare New-York de Brooklyn et que traverse un pont qui serait une des merveilles du monde si aujourd'hui on comptait les merveilles.

Ce pont achevé depuis peu n'a coûté que la bagatelle de quarante millions!...

Il ne faudrait pas croire cependant que madame Lassalle et Hector s'étaient confinés dans leur ermitage de Brooklyn. Riches, indépendants, ils consacraient leurs loisirs à étudier, à connaître ce pays merveilleux; ils entreprenaient de longues excursions tantôt sur les côtes sauvages et pittoresques de Rhode Island, du New-Hampshire, du

(1) Titre que les Américains donnent à New-York.
(2) La rivière de l'Est.

Maine, tantôt, dans les plaines de la Pensylvanie, du Maryland, etc.

Une de ces excursions à travers les White Mountains (1), dans l'Etat de Vermont, que la rivière Connecticut sépare du New-Hampshire devait avoir une grande influence sur les destinées futures de notre héros.

Les Whits Mountains, succession de collines aux croupes mollement arrondies et couvertes de verdure, de murailles taillées à pic, de cônes, de prismes, d'aiguilles chauves et calcinées du soleil ici, là étalant une splendide végétation de chênes, de mélèzes, de conifères aux effluves aromatiques, sont un des points les plus visités par les étrangers, les Yankees même. Au pied de ces montagnes coulent des ruisseaux, des rivières aux ondes pures et transparentes et dont les méandres capricieux vont porter partout la vie et la fertilisation. Des lacs minuscules dorment ailleurs dans leurs cadres de rochers sourcilleux où nichent les aigles, les corneilles à tête grise, tandis qu'ailleurs les cygnes, les canards sauvages voguent par bandes nombreuses et promettent au chasseur une proie assurée.

De nombreux hôtels situés sur tous les plateaux, dans les sites les plus pittoresques rassurent les touristes pratiques sur les exigences de la vie matérielle.

Le génie mercantile des Yankees n'a pas encore fait grimper ses chemins de fer le long de ces pentes abruptes. En attendant ce moment, qui viendra certainement, les *landlors* (2) ont toujours à la disposition de leurs clients de grandes diligences traînées par quatre chevaux, des voitures légères pour leurs excursions dans la montagne.

Par une belle matinée d'août, un an environ avant les événements rapportés plus haut, Hector et Goliath, le fusil

(1) Montagnes Blanches.
(2) Hôteliers.

sur l'épaule, les jambes serrées dans de grandes guêtres de
cuir fauve, le front abrité par un casque de liége, arpen-
taient gaiement un des sentiers qui grimpent le long des
flancs d'un des plus célèbres mamelons des *Montagnes
Blanches*, le *Mote-Mountain*.

Il était de bon matin : à peine six heures ; et, tandis que
les crêtes, les aiguilles des monts apparaissaient rigides
dans la lumière crue, les vallées, les ruisseaux étaient encore couverts d'une brume bleuâtre que le soleil essayait
de dissiper.

La chaleur était supportable.

— La belle nature! fit Hector en s'arrêtant.

— Vous avez raison, Monsieur, répondit Goliath avec un
sourire. J'ai beaucoup voyagé, j'ai vu la France, l'Angleterre, la Suisse ; mais je n'ai jamais trouvé un pays qui,
comme l'Amérique, pût réunir tant de beautés, tant de
séductions. Regardez, est-il possible de rencontrer un site
plus beau?...

— Vous devenez orgueilleux, Goliath !

— Hélas! Monsieur, l'orgueil se glisse partout. Cependant, à mon sens, être fier de son pays natal, ce n'est pas
un défaut, c'est lui témoigner son amour...

— Je vous accorde cela. Mais pressons le pas ; nous
avons une longue route à faire, et, vous le savez, continua
Hector en souriant, ma pauvre mère serait trop inquiète si
mon absence se prolongeait au-delà d'un jour.

— Marchons alors.

Ils pressèrent le pas. En cet endroit, la route accrochée
comme une corniche, décrivait mille courbes, mille cir-
cuits fantastiques que coupait çà et là, un torrent, un ruisseau sur lequel un pont de bois était jeté.

D'un côté la route était dominée par d'énormes quartiers
de roc, des murailles à pic que les pins résineux, les

cyprès, les mélèzes couronnaient de leur feuillage chan-
geant et dont les troncs rugueux disparaissaient sous la
mousse et le lierre ; mille lianes, mille plantes parasites
tombaient comme des festons mobiles et voilaient parfois
le fond noir ou rougeâtre du rocher.

Une foule d'oiseaux avaient élu domicile dans la ramure
de ces arbres géants, et leur plumage chatoyant, leurs
pépiements joyeux rompaient seuls la tristesse, le silence
pénible qui semblaient planer sur ces lieux.

De l'autre côté, au contraire, la route surplombait l'abîme.
Là, l'horizon était vaste, presque sans bornes : des forêts,
des champs, des prairies immenses au milieu desquelles
une petite rivière, scintillant au soleil comme un ruban
d'argent, traînait paresseusement ses ondes ; des torrents
bondissant par-dessus les arbres tombés en travers de
leurs lits, les rocs amoncelés par le temps ; des villages
cachés sous la verdure, tout cela se suivait, se succédait
comme les tableaux d'un kaléidoscope géant

Des collines aux formes indécises et à demi-fondues dans
l'éloignement, des pics bizarres, titanesques servaient de
cadre à ce grand décor que le soleil levant baignait de sa
lumière magique.

Les deux hommes poursuivaient leur route, babillant
gaiement, s'arrêtant presqu'à chaque pas pour viser un
aigle qui planait immobile dans les profondeurs des cieux,
vautour vorace ou encore les lièvres, les lapins qui débou-
laient de tous côtés et leur passaient pour ainsi dire entre
es jambes.

Le temps se passait.

Soudain Hector s'arrêta.

— Écoutez!... dit-il à Goliath.

— Je n'entends rien, répondit celui-ci ; rien que le frémissement du feuillage, le grondement du Saco contre les rochers.

— Me serais-je trompé? murmura Hector. Pourtant il m'a semblé entendre le galop d'un cheval...

Une détonation lointaine lui coupa la parole. Brusquement Goliath s'était jeté à terre, et, l'oreille appuyée sur la route, il écoutait.

— En effet, murmura-t-il, un cheval court à toute bride sur la route... Mais que veut dire cette détonation?...

Il achevait à peine quand, au détour du chemin, parut un cheval lancé au triple galop. La bête semblait affolée et courait toujours droit devant elle sans rien perdre de son allure infernale, tandis qu'une femme, les mains convulsivement nouées autour de son col, les cheveux en désordre, la robe déchirée par les ronces du sentier essayait vainement de l'arrêter.

Des taches de sang jaspaient la route.

Derrière un cavalier, nu tête aussi, un revolver à la main, activait la marche déjà fantastique de sa monture. Mais ses efforts, ses cris n'avaient d'autre résultat que de précipiter encore l'allure désordonnée du premier cheval.

D'un coup d'œil rapide, Hector avait compris la situation.

— Elle est perdue! dit-il.

La route, en effet, quelque cent mètres plus loin, tournait brusquement, presqu'à angle droit. Comment espérer que la malheureuse femme, impuissante à diriger sa monture, put lui faire franchir ce coude? Hélas! le doute n'était pas permis, tous deux, bête et cavalière, devaient inévitablement rouler dans l'abîme.

— Vous ici, moi là, dit à Goliath Hector qui avait rapidement pris son parti; il faut la sauver...

Et, jetant son fusil, il se plaça résolûment en travers de

la route, tournant le dos à l'abîme, pendant que Goliath
opérait la même manœuvre du côté du talus.

Il était temps ! D'un dernier élan, l'animal furieux fut
sur eux. Résolûment, ensemble, les deux hommes bondirent
à la bride. Emporté par son élan le cheval ne s'arrêta pas,
et Goliath et Hector, au risque d'être précipités dans
l'abîme avec celle qu'ils voulaient sauver, ne lâchèrent pas
prise et se laissèrent traîner l'espace de quelques secondes.

Frémissante, mais domptée, la bête s'abattit sur ses
genoux.

Hector se précipita et reçut dans ses bras l'imprudente
écuyère.

Brisée par tant d'émotions foudroyantes, elle s'était
évanouie

— C'est égal, Monsieur, murmura Goliath en s'épongeant
le front, voilà un sauvetage qui peut compter !... Une minute de plus, et tout était bien fini...

— Oui, répondit Hector en frissonnant ; mais Dieu veillait
sur cette pauvre enfant...

En ce moment, ils furent rejoints par le cavalier, un
respectable gentleman de cinquante-cinq ans environ. En
voyant sa compagne privée de sentiment, il se laissa rapidement glisser à terre, et, prenant la main d'Hector.

— Morte !!!... dit-il d'une voix rauque, morte !!!...

Hector sourit doucement.

— Rassurez-vous, Monsieur, dit-il, cette jeune personne
n'est qu'évanouie... dans quelques minutes elle aura repris
ses sens...

— Fatale promenade ! murmura l'inconnu. Je me défiais
de cette bête qui me paraissait ombrageuse et difficile à
mener ; mais Jane a voulu la monter... Enfin la catastrophe
aurait pu être plus terrible... que de reconnaissance je
vous dois...

— Il est vrai, répondit Hector, que cette jeune miss se trouvait dans une situation terrible. Mais Dieu veillait et n'a pas permis qu'un malheur arrivât...

— Grâce à vous, Messieurs...

— Grâce à nous, soit! Mais avant de nous congratuler mutuellement, occupons-nous de cette pauvre enfant, dont l'évanouissement prolongé commence à m'inquiéter. Goliath, courez en avant, trouvez de l'eau à tout prix; voyez aussi s'il n'existe pas une ferme, une maison dans les environs...

— Ah! dit le vieux gentleman, mon flacon de sels...

En même temps, il sortit de sa poche un de ces petits flacons de cristal ornés d'or que tout le monde connait et le fit plusieurs fois respirer à la jeune fille.

Bientôt elle ouvrit les yeux.

— Mon père! dit-elle en entourant de ses deux bras le cou du vieux gentleman.

Puis, apercevant Hector immobile à quelques pas de là, elle interrogea son père du regard.

— C'est ce gentleman qui vous a sauvée, Jane, dit-il, remerciez-le en votre nom et au mien.

Pour toute réponse, elle tendit sa petite main à Hector.

— Vous m'avez sauvé la vie, vous avez conservé une fille à son père, dit-elle d'une voix douce et musicale, soyez béni!... Les paroles me manquent pour vous témoigner l'étendue de notre reconnaissance ; mais souvenez-vous de ceci : dès aujourd'hui vous avez deux amis dévoués de plus.

Hector s'inclina en silence, l'œil humide d'émotion : il se trouvait déjà trop payé du peu qu'il avait fait pour cette charmante enfant...

VI. — Comment on se marie en Amérique.

Goliath revint bientôt.

— J'ai trouvé un petit *cottage* a un demi-mille d'ici, dit-il. C'est un vrai, nid enfoui sous le feuillage. Les propriétaires, de braves gens, se sont entièrement mis à notre disposition.

— Marchons donc, répondit le vieux gentleman. Monsieur?...

— Hector Lassalle... répondit Hector qui comprit que l'heure de la présentation était arrivée...

— Hector Lassalle!... Seriez-vous justement ce français, héritier de monsieur Croikfoorth?...

— Dont tous les journaux se sont occupés? oui, Monsieur, j'ai cet *honneur*, et voici justement un des héros de ce drame, John Hylliars que tout le monde appelle *Goliath*.

— Je vous connaissais pour un homme intrépide; aujourd'hui, je vois que vous êtes un brave cœur, reprit le vieux gentleman. Je suis le colonel Mac Dowel; voici ma fille, miss Jane Mac Dowel.

Entre chaque présentation, on avait échangé de profonds saluts. Puis on s'était mis en route. Goliath, tenant en main les deux chevaux, marchait le premier.

— Mais cette bête est blessée!... dit Hector remarquant que la jument de la jeune écuyère avait la croupe ensanglantée et ne se traînait qu'avec peine.

— Oui, répondit le colonel Mac Dowel. Quand j'ai vu la jument s'emballer, ma première pensée a été de faire feu. J'espérais la blesser mortellement et arriver avant qu'elle ne s'abatte. Mais l'événement a trompé mes prévisions : la balle a glissé sur la croupe, et cette blessure, au lieu de l'arrêter, n'a fait que la rendre plus furieuse.

En cheminant, on causait ainsi. Le colonel Mac Dowel, en quelques mots, mit le jeune homme au courant de son histoire. C'était un Écossais dont les aïeux depuis plus de cent ans habitaient l'Amérique. Veuf depuis peu, il s'était retiré du service pour se consacrer à sa fille, alors âgée de dix-huit ans, et s'était retiré à Boston où il possédait de vastes propriétés.

Quant à Hector, il n'eut pas besoin de se faire connaître, car, depuis le célèbre procès Creikfoorth, tous les journalistes s'étaient chargés de composer sa biographie.

Cependant on était arrivé au petit cottage en question, véritable nid situé au milieu d'un vallon ombreux, auquel on parvenait par un sentier en zigzags et tout bordé de fleurs. La maison construite en briques et couverte en tuiles rouges, n'avait qu'un étage et semblait, dans ce paysage agreste, au pied de ces monts sourcilleux, un chalet suisse. Prévenus par Goliath, les propriétaires de cette charmante maisonnette, deux jeunes Irlandais nouvellement mariés, attendaient sur le seuil.

— Soyez les bienvenus sous notre toit ! dit l'homme en se découvrant gravement, tandis que sa femme accueillait la jeune fille avec un sourire engageant.

Quelques minutes après, nos personnages étaient réunis dans un petit parloir à l'ameublement coquet et gracieux.

Bien que les Irlandais ne missent aucune limite à leur hospitalité, il fallait songer à regagner le village de Conway d'où on était parti le matin.

— Voici ce qu'il faut faire, proposa Hector : Goliath va monter à cheval et courir à Conway où le *landlor* de l'hôtel lui fournira une voiture et des chevaux pour nous ramener. De cette façon, nous serons à Conway avant la nuit.

— C'est en effet le plus sage, répondit le colonel.

Goliath ne se fit pas prier ; il monta le cheval du colonel Mac Dowel et disparut bientôt au fond de la vallée.

Cependant la maîtresse de la maison avait déjà disposé la table. Sur une nappe bien blanche s'étalèrent bientôt la théière fumante, des tasses, des *crakers* (1), du pain blanc, du lait et du beurre jaune et appétissant : goûter auquel les convives — on n'est pas bégueule en Amérique — firent largement honneur.

La conversation s'animait. Tandis qu'Hector échangeait des phrases banales et insignifiantes avec la jeune Irlandaise et miss Mac Dowel, le colonel, un agronome distingué, causait agriculture avec O'Kellay, l'Irlandais.

Encouragé par la bienveillante attention du vieux gentleman, O'Kellay en arriva bientôt à raconter son histoire, ce thème éternellement rabâché par ceux qui ont beaucoup voyagé, beaucoup vu.

Quel'que vingt ans auparavant, ses parents, embrigadés par une de ces *Compagnies pour l'Émigration* (2), qui pullulent en Angleterre, avaient quitté la *Terre des Saints* (3) sans un penny vaillant. O'Kellay avait alors dix ans. Hélas ! à peine avait-il touché le sol de la libre Amérique, de cet Eden sans cesse promis aux malheureux émigrants, qu'il avait perdu père et mère...

Il se trouvait seul, sans ressource... Les spéculateurs qui avaient engagé ses parents, se souciant peu d'un *boy* (4) qui ne pouvait leur rendre aucun service, l'abandonnèrent.

(1) Biscuits secs.
(2) Ces Compagnies son nombreuses en Angleterre.
(3) Nom que l'on donne à l'Irlande.
(4) Enfant.

— Je ne désespérai pas, pourtant, continua O'Kellay.
Un fermier du Massachusetts eut pitié de moi et me prit
pour garder ses troupeaux, et, à quinze ans, du métier de
pâtre, je passais à celui de garçon de ferme avec des gages
relativement importants. Ne m'enivrant jamais comme le
font malheureusement trop de mes compatriotes, travaillant assidûment, je vis ma position s'améliorer encore, et,
grâce aux écoles du dimanche, que je suivais régulièrement,
je pus acquérir une certaine instruction.

» D'un autre côté mon petit pécule n'était pas inactif : je
le confiai au fermier qui le fit valoir et, bientôt, m'associa
pour une large part dans ses bénéfices. Je n'aurais jamais
quitté ce brave homme. Malheureusement la mort l'enleva
à mon amour, et ses héritiers avides, intéressés, n'eurent
rien de plus pressé que de diviser, morceler ses terres pour
les vendre plus facilement.

» C'est alors que je connus ma chère Betty. Comme moi,
elle était orpheline, comme moi elle possédait une petite
fortune. Nous associâmes nos existences, nos intérêts, et
aujourd'hui nous possédons tout le sol de cette vallée, trois
cents vaches, soixante chevaux, des chèvres, des moutons,
notre avenir est assuré (1) »...

La journée s'écoula comme un songe dans le petit cottage
de la vallée. Vers trois heures de l'après-midi, Goliath
revint; il était accompagné de madame Lassalle.

— Mon fils, dit-elle en tendant les bras à Hector; enfin,
je te revoie!...

— Goliath a bavardé... dit-il en riant.

Et présentant madame Lassalle au colonel.

(1) Cette histoire est celle de beaucoup de sujets anglais qui, partis pauvres, sans aptitudes spéciales de leur ingrate patrie, sont arrivés, à force
d'intelligence, de persévérance et surtout *de conduite*, à se créer sur le sol
du nouveau monde des positions inespérées. — Nous ne l'avons rapportée
que pour cela. — C'est un des mille traits de mœurs de cet étrange pays.

— Ma mère! fit-il simplement.

Le vieux gentleman s'inclina galamment.

— Madame, dit-il en lui prenant la main, nous avons contracté aujourd'hui une dette de reconnaissance envers votre fils : permettez qu'elle s'étende jusqu'à vous, et nous n'aurons plus rien à désirer...

— Hector a fait ce que tout autre eut fait à sa place, répondit madame Lassalle dignement. Vous ne nous devez donc aucune reconnaissance. Quant à notre amitié, continua-t-elle avec un sourire, d'ores et déjà elle vous est tout acquise.

La voiture attendait sur la route. On laissa la jument blessée au cottage, et, après avoir remercié O'Kellay et sa femme de leur touchante et cordiale hospitalité, la petite troupe s'éloigna dans la direction de Conway

Après un mois, pendant lequel les deux familles n'en firent qu'une, un mois consacré à explorer les cimes les plus hardies des White-Mountains, Washigton, Webster, Pleasant, Whiteface, Red-Hill — nous en passons et des meilleures — on songea au retour.

— Venez donc avec nous, proposa le colonel à Hector. C'est la belle saison pour la chasse, et mon parc fourmille de gibier. Nous allons être bien seuls si vous nous laissez... Venez donc : nous chasserons, nous pêcherons, nous patinerons ensemble...

Comment résister à une offre aussi engageante, surtout quand miss Mac Dowel ajouta de sa voix douce :

— Ne nous refusez pas !...

La mère et le fils se laissèrent vaincre

Boston, la ville où naquit Francklin, la capitale de l'État de Massachusetts, est à la fois un port de commerce et une cité industrielle de grande importance. Bâtie sur trois collines, la ville offre encore l'imprévu des rues tortueuses.

bizarrement contournées, et sur lesquelles les toits surplombants des maisons, construites sous le roi Georges,
répandent une ombre éternelle. C'est surtout dans les
vieux quartiers que cette irrégularité, qui fait la joie de
l'artiste, est frappante, que les vieilles maisons, toutes grises
de vétusté et comme écrasées sous leurs énormes toits sont
entassées sans ordre et sans alignement.

Les quartiers modernes sont au contraire régulièrement
bâtis et coupent à angles droits leurs larges voies où roulent
les omnibus et les tramways, où s'élèvent des maisons à
l'architecture noble dans sa simplicité ou attirant les
regards par la profusion des colonnes, des frontons, des
ornements d'un style plus ou moins pur dont elles sont sur-
chargées. Partout apparaissent des squares exubérants de
verdure, décorés de bassins, de statues, surtout de celle du
général Washington qui orne presque toutes les villes de
l'Union Américaine.

Les quais larges et bien entretenus, contre lesquels
s'appuient de magnifiques vaisseaux, constituent presqu'une ville à part avec leurs docks immenses, leurs magasins, leurs fabriques, leurs usines dont les mille cheminées vomissent sans cesse de noirs torrents de fumée.
Partout siffle la vapeur, grincent les chaînes, les treuils,
les poulies, passent des locomotives aux flancs enflammés.
Tout un monde d'employés, de matelots, de portefaix, de
douaniers hurle, crie, s'agite, se démène : c'est le tableau
le plus saisissant de l'activité humaine.

Boston est fier de ses églises, de ses temples, de son
State-House, de ses faubourgs surtout, véritables paradis
habités par les privilégiés de la fortune.

Le colonel Mac Dowel habitait à Brookline (1) une char-

---

(1) Ne pas confondre avec Brooklin, autre faubourg de New-York.

mante villa gothique qu'entouraient de grands jardins, un
parc immense.

C'était là qu'il s'était retiré après la mort de sa femme.
Sa fortune, peu considérable, mais sagement administrée,
lui permettait de tenir dignement son rang dans l'élite de
la Société Bostonienne.

Hector, en accédant au désir du vieux gentleman n'avait
écouté que son cœur. Dans cette intimité sincère qui s'éta-
blit forcément en voyage, ne la quittant pour ainsi dire un
seul instant, il avait pu juger Jane, l'apprécier à son juste
mérite. Il la savait belle, il vit bientôt que sa bonté dépas-
sait sa beauté; il découvrit en elle toutes les qualités qu'il
pouvait désirer chez une femme, et, peu à peu, sans s'en
apercevoir, il se laissa doucement glisser sur la pente qui
conduit de l'estime à l'amour.

En Amérique, l'éducation des filles diffère totalement de
ce qu'on est convenu d'appeler *éducation* en Europe. Au
lieu de les tenir enfermées ou de ne les laisser sortir
qu'accompagnées de parents ou tout au moins de domesti-
ques, dès qu'elles sont assez grandes pour se conduire, on
leur laisse la bride sur le cou. Rarement d'ailleurs, elles
abusent de cette confiance qui leur est accordée : laissées
maîtresses d'elles-mêmes, elles connaissent parfaitement les
bornes qu'elles peuvent ou ne peuvent pas franchir.

Généralement un frère, un parent, un fiancé même se
constitue leur garde du corps et les accompagne dans toutes
leurs visites, leurs promenades, leurs excursions, car les
Américains sont de grands voyageurs, et personne ne trouve
rien à reprendre à ces mœurs qui sont celles du pays.

A dater du jour où il avait été admis dans l'intimité du
colonel, Hector s'était fait de son plein gré le chevalier servant de miss Mac Dowel, sans que cela surprît personne.

A Boston, où le colonel avait repris ses habitudes

casanières, il avait continué la tâche qu'il s'était imposée
dans les Montagnes Blanches. Quand miss Mac Dowel était
invitée à un raout, à une réunion, quand elle allait au bal,
au théâtre, c'était toujours sur le bras d'Hector qu'elle
s'appuyait; — c'était lui encore qui l'accompagnait dans
ses promenades, dans ses courses équestres au Common,
ce bois de Boulogne de la fashion Bostonnienne, au Public-
Garden, etc...

Nous le répétons, ce sont les mœurs américaines, que
nous peignons ici.

Six mois plus tard, madame Lassalle demandait solen-
nellement au colonel Mac Dowel la main de sa fille Jane,
pour son fils.

Le vieux gentleman, la paupière humide, prit la main de
sa fille et la mit dans celle du jeune homme tremblant.

— Vous lui avez sauvé la vie, dit-il d'une voix émue, il
est de toute justice qu'elle vous la consacre : Prenez-là, elle
est à vous.

————

VII. — Où l'on voit reparaître William Clarke et son digne ami Bob Thorps.

— A mort! criaient les naufrageurs en brandissant des
gaffes, des crocs, armes terribles entre leurs mains. A
mort!!!

Les naufragés de l'*Eagle*, ils étaient dix à peine, groupés
sur la grève, ne pouvaient tenter aucune résistance.

La tourbe humaine se précipita sur eux.

— A mort! cria une sorte de géant qui, dégouttant encore
d'eau salée, l'œil en feu, faisait un rempart de son corps à
deux jeunes gens étroitement enlacés. A mort!... Venez
donc!...

C'était Goliath qui, comme il se l'était promis, avait arraché Jane et Hector des flots furieux.

Et brandissant une gaffe qu'il avait enlevée aux naufrageurs, il décrivit un moulinet rapide. Les assaillants s'écartèrent avec terreur.

— Il faut en finir! dit Joë Thorps; le jour va paraître.

Les naufragés étaient perdus sans Ned et un autre boy qui accoururent hors d'haleine.

— Les Dragons de la Reine! dirent-ils. Vite, il faut détaler...

En une seconde, tout changea; hommes, femmes, enfants chargèrent sur leurs épaules les trésors ravis aux flots et se disposèrent au départ.

— Au Château du Diable! dit Joë rapidement. Là se fera le partage.

— Et les naufragés? demanda Dick Wingh, un des pilleurs d'épaves.

— Séparez-les en deux bandes, et chargez-vous de la première, répondit Joë; j'emmènerai la seconde.

Pareils à des oiseaux de proie, chargés de leur butin, les naufrageurs disparurent bientôt par tous les sentiers de la grève.

Thorps et une vingtaine des siens entouraient les dernières victimes de cette grande catastrophe.

— Marchez, leur dit-il brutalement; et pas un cri, ou sinon...

Il n'acheva pas, mais brandit sa gaffe avec un air qui complétait éloquemment sa pensée.

Pendant le reste de la nuit les pilleurs d'épaves et leurs victimes marchèrent au milieu des rochers, des grèves sans fin, puis à travers des plaines horriblement convulsées et à peine couvertes d'une maigre végétation de chênes, de mélèzes et de pins rabougris.

Enfin, aux premières lueurs de l'aube, ils s'arrêtèrent en face d'un entassement de rochers aux formes bizarres et sataniques.

On appelait ce lieu le Château du Diablo, sans doute à cause des nombreux pics qui, par leurs formes, rappelaient vaguement les tourelles crénelées, les beffrois aigus des manoirs féodaux.

— Hélas! murmura Jane en français, nous n'avons échappé à la mort que pour subir une captivité honteuse...

— Courage! répondit doucement Hector, courage, ma Jane bien aimée : Dieu ne nous abandonnera pas!...

— Et au besoin, nous l'aiderons puissamment, ajouta Goliath. By God! je ne me sens pas l'humeur portée à la plaisanterie! Que ce soit d'une façon ou d'une autre, nous échapperons à ces bandits.

— Espérons-le, mon ami! soupira Jane.

Cependant, Joëe et les siens avaient ébranlé puis écarté un énorme bloc qui semblait soudé à la base des rochers, mais que quatre ou cinq hommes vigoureux pouvaient facilement déplacer. Une ouverture basse, étroite, apparut alors aux regards des captifs. Brusquement, Joëe la leur montra.

— Entrez, dit-il de sa voix aux intonations rauques et sauvages.

Frémissants, mais contraints à une obéissance passive, les malheureux pénétrèrent dans un couloir étroit et tortueux qui, quelques mètres plus loin, aboutissait à une sorte de rotonde spacieuse dont la voûte, supportée par une infinité de colonnes naturelles, laissait passer par une large ouverture à la fois l'air et la lumière.

Les prisonniers étaient seuls.

Le jour commençait à poindre et déjà ses rayons, glissant obliquement le long des parois de granit, répandaient dans l'immense salle une clarté faible et douteuse d'abord, mais dont l'intensité allait en augmentant de minute en minute.

Nos trois amis avaient pour compagnons d'infortune le lieutenant de l'*Eagle*, Edward Bakley, et un matelot nègre, Tom Wilson.

Muets, le visage sombre, ils se regardaient d'un air profondément découragé.

Ce fut Goliath qui, le premier, rompit le silence.

— Le diable me tords le cou! fit-il avec violence, nous avons fait là une belle équipée!... Quoi! quatre hommes comme nous se sont laissés traîner, emprisonner par une vingtaine de bandits!... C'est une honte véritable...

— Que pouvions-nous sans armes?... murmura Edward Bakley avec un triste sourire.

— Nous faire tuer, by God! Allons, j'oubliais que nous ne sommes pas seuls, que nous avons une femme à défendre, à protéger... Millions de tonnerres!... il faut pourtant sortir d'ici!... il le faut !

— Mais comment ?...

— On ne nous laissera pas crever de faim ici, j'imagine! on viendra nous porter des vivres!... Eh bien, voici ce que nous ferons! quand les bandits entreront fussent-ils dix, fussent-ils vingt, nous nous jetterons dessus, nous leur enlèverons leurs armes et nous les laisserons solidement liés et ficelés à notre place. Il y a des risques à courir, mais, vous savez, comme dit le proverbe français : *Qui ne risque rien n'a rien !* Est-ce dit?

— C'est dit ! répondirent les captifs d'une seule voix.

— Alors, répliqua Goliath, nous n'avons plus qu'à attendre.

Et il se coucha, exemple qui fut aussitôt imité par Edward et Tom, sur le sol rocailleux de la grotte, torturant et retournant son idée pour essayer de la rendre plus féconde. A quelques pas de là, assis l'un près de l'autre, la main dans la main, le regard noyé dans le regard, Jane et Hector songeaient tristement à leurs parents, à leur bonheur perdu.

Deux jours se passèrent, deux jours pendant lesquels les malheureux ensevelis dans la grotte du rocher se consumèrent dans une attente vaine et pleine d'angoisses terribles. Personne ne vint!... Alors commencèrent des tortures horribles, sans nom : la soif, la faim commençaient leur œuvre, les malheureux se sentaient perdus...

— Misère de moi! disait Goliath à chaque minute, ils ont donc juré de nous laisser périr de faim!...

Mais ses compagnons étaient trop abattus pour lui répondre. . . . .
. . . .

Ce soir-là, Joée Thorps, assis près d'une table grossière, fumait tranquillement sa courte pipe tout en donnant de fréquentes accolades à sa bouteille de gin, car il dédaignait les verres et les gobelets, ce digne homme!

— Père, dit tout à coup Ned, que comptez-vous faire des prisonniers enfermés au Chateau du Diable?

— Ils sont bien-là, qu'ils y restent! répondit Joée Thorps entre deux bouffées de tabac.

— Mais ils sont sans vivres, sans eau... ils mourront...

— La belle affaire! Croyez-vous maintenant, Ned, que je vais m'apitoyer sur leur sort? Ce sont des ennemis dont la mort nous débarrassera d'un grand poids... Qui ira dénicher leurs cadavres dans ce trou de rocher?...

Et il lampa une nouvelle gorgée.

— Père, reprit Ned, savez-vous que c'est affreux? Tuer un ennemi dans l'enivrement de la lutte, se débarrasser par un bon coup de poignard d'un témoin gênant, rien de cela ne m'épouvante, mais, le combat fini, laisser ces malheureux périr misérablement, périr de faim surtout, voilà qui est infâme! Ces hommes, cette pauvre femme ne nous connaissent pas. Enlevés dans la nuit, ils ne pourront trahir le secret de notre retraite. Pourquoi ne pas enlever la roche qui ferme la grotte, et les laisser se débarbouiller comme ils l'entendront?

Thorps réfléchit un moment. Cet expédient, ce compromis plutôt, lui souriait assez. En effet, en remettant les captifs en liberté, on ne pouvait l'accuser de vouloir leur perte, et s'ils succombaient aux attentes des fauves, s'ils ne pouvaient résister aux fatigues, aux privations, en était-il la cause? Non.

— Et tu crois que seuls, sans chevaux, sans armes, ils pourront résister aux attaques des lynx, des loups et des ours, qu'ils réussiront à atteindre une des stations britanniques? fit-il avec un sourire où se lisait sa pensée.

— Qu'importe! répondit avec le même sourire le digne fils du pilleur d'épaves. Laissons-les libres, et, s'ils périssent, notre conscience n'aura plus rien à nous reprocher.

Joëe allait répondre quand la porte s'ouvrant brusquement, livra passage à deux hommes dont l'un semblait être le maître, l'autre le valet.

Brusquement le père et le fils s'étaient redressés, la main sur la crosse d'un revolver.

— Eh quoi, frère Joëe! dit un des nouveaux-venus; c'est ainsi que vous me recevez?...

— Bob! s'écria Thorps, c'est vous!...

— Moi en chair et en os, quoi que diablement fatigué. Le pays où vous nichez, Joëe, peut-être pittoresque, mais n'est pas agréable aux voyageurs. Mais je bavarde et oublie de vous présenter un très-digne gentleman qui est venu

vous visiter rien que pour avoir de votre bouche des
détails sur le naufrage de l'*Eagle*.

Le visage déjà soupçonneux de Joëe se rembrunit encore.

— Oh! vous pouvez parler sans crainte, Joëe, reprit
Bob. Monsieur n'est pas de ces curieux qui fourrent le nez
où ils n'ont que faire. S'il vous demande des renseignements, soyez persuadé que ce n'est pas pour le compte de
la police, et qu'il vous les paiera chèrement.

— Joëe, ajouta l'inconnu qui n'était autre que William
Charke, votre frère m'a affirmé que je pouvais me fier à
vous. De mon côté, je ne vous trahirai pas : j'ai mes raisons
pour cela. Écoutez-moi bien : parmi les passagers de l'*Eagle*,
il en est trois auxquels je m'intéresse spécialement; il faut
savoir ce qu'ils sont devenus...

— La mer a rejeté bien des cadavres, gentleman, et comment reconnaître parmi les survivants ceux qui vous sont
si... chers?...

— C'est peut-être plus facile que vous ne le pensez, Joëe,
car l'un de ces passagers est français, le second est une
sorte d'hercule à la taille remarquable, et la troisième personne, enfin, une toute jeune femme.

— J'y suis! s'écria Joëe en se frappant le front, les prisonniers du Château du Diable!... En effet, parmi eux est
une jeune femme, la seule d'ailleurs qui ait échappé au
naufrage, et je me rappelle justement ce grand diable qui
voulait me fendre la tête.

— Ils sont en votre pouvoir?

— Oui, et vous arrivez à propos, gentleman, car cette
nuit même j'allais leur donner la volée...

— Il était temps! Voulez-vous me les livrer?

— Contre combien?... demanda Joëe Thorps effron-
tément.

— Contre cinq cents livres! répondit William Clarke en

jetant sur la table un petit sac de cuir dont le son revélait assez le contenu.

— Marché fait... Suivez-moi, gentleman, je vais vous conduire au Château du Diable ; là vous vous débrouillerez comme vous l'entendrez.

— Père, interrompit Ned, vous oubliez les deux autres prisonniers.

— Aoh ! ils sont cinq, c'est vrai !...

— Comment alors, fit Bob brusquement, voulez que seuls nous nous rendions maîtres de quatre hommes ?... Le tenter serait folie...

— Modérez votre langue, Bob, ou buvez une gorgée de gin pour l'assouplir. Je ne vous ai pas dit qu'ils sont sans armes, que depuis trois jours, ils n'ont pas rompu une bouchée de pain, bu une goutte d'eau.

— Sans compter que le bain qu'ils ont pris avant a dû leur creuser l'estomac! ricana Bob.

— Ceci me décide, dit William Clarke résolûment. Guidez-nous, Joëe.

Le naufrageur alluma une petite lanterne et guida les deux hommes jusqu'au pied de la *Roche-Rouge.* Là, William et Bob retrouvèrent leurs montures et s'élancèrent en selle. Joëe et Ned, aussi, comme tous les riverains pssssédaient des chevaux à demi-sauvages qu'ils laissaient errer autour de leur demeure. Ils eurent bien vite fait d'en capturer deux, de les brider, de les seller, et la petite troupe s'éloigna dans la direction de l'ouest, guidée par le vieux pilleur d'épaves.

— Êtes-vous content? demanda Bob à William Clarke.

—·J'eusse préféré les voir morts ! répondit-il d'une voix sourde. Enfin, je leur parlerai, j'essayerai de les fléchir, et s'ils refusent...

— Alors ?... — Les événements en décideront...

VIII. — Où la Chance tourne enfin

Moins d'une heure après la petite troupe s'arrêtait en face du Château du Diable.

Réunissant leurs efforts, les quatre hommes parvinrent à ébranler puis à déchausser l'énorme rocher qui fermait l'entrée de la grotte. Alors Joë se tourna vers William Clarke.

— Voilà votre route ! dit-il en désignant le couloir sinueux. Adieu et bonne chance.

— Arrêtez ! interrompit William brusquement. Voulez-vous gagner vingt guinées en plus de notre marché.

— Que faut-il faire ?

— Nous accompagner : nous ne sommes pas en nombre.

— Soit ! accepta le bandit.

Ils s'engagèrent tous quatre dans le long couloir laissant leurs chevaux attachés aux basses branches des pins. Joë marchait le premier élevant sa lanterne qui projetait devant lui une lumière faible et rougeâtre. Pas un bruit humain : seul on entendait l'écho répéter lugubrement les pas, les gouttes d'eau s'infiltrant et tombant régulièrement du haut du rocher.

— Décidément, murmura Thorps, je crois que nous arrivons trop tard...

Il se trompait. Les captifs avaient entendu, et, subitement, comme galvanisés, ces quatre spectres épuisés par trois longs jours de souffrances horribles, d'angoisses plus terribles encore, s'étaient redressés...

— Les voilà ! dit Hector. Du courage, mes amis, et n'oublions pas que notre salut dépend de cette lutte suprême.

— Nous sommes prêts ! répondirent les trois hommes.

Hector prit dans ses bras Jane que la souffrance rendait presque insensible, et la porta derrière un des énormes piliers naturels qui supportaient la voûte.

— Confiance, Jane, Dieu combattra pour nous! dit-il doucement. Nous allons tenter un dernier et suprême effort; pendant ce temps priez, priez ardemment et le ciel vous écoutera.

— Puisse-t-il en être ainsi! murmura-t-elle accablée.

Cependant William Clarke était enfin parvenu dans la grotte.

— Personne! dit William stupéfait, car les quatre hommes pour ne pas être surpris s'étaient dissimulés derrière les quartiers de rochers.

— Tu te trompes, bandit, je suis là! fit une voix rauque.

Il recula d'un pas; mais trop tard, des bras noueux, puissants, l'avaient saisi par le milieu du corps et paralysaient toutes velléités de révolte. En même temps, trois ombres avaient surgi du fond de la grotte, et Joëo, Ned et Bob, se virent chacun en présence d'un adversaire..

La lutte fut courte. Pareils à des bêtes fauves, les prisonniers avaient bondi sur leurs ennemis, les empêchant par la soudaineté, la violence de leur attaque de se mettre en défense, de faire usage de leurs armes. La rage qui les animait décuplait leurs forces, et, quelques minutes plus tard, William Clarke et ses lâches compagnons étaient terrassés, maintenus impuissants sur le sol.

— Jane, cria Hector, ramassez la lanterne et éclairez-nous un peu. Nous allons garrotter ces misérables qui ne méritent que notre mépris et les laisser où ils nous ont laissés.

En déchirant et en tordant comme des cordes les vetements de leurs ennemis, les prisonniers eurent vite fait de

les réduire à l'impuissance. Tout a coup Goliath poussa
un cri :

— Lui ! dit-il. Non, je ne me trompe pas !... Malgré ta
perruque rouge, je te reconnais, bandit !... tu ne m'échap-
peras pas, Archibald Loyton !...

— Lui ! exclama Hector à son tour, lui !... Aristide ne
s'était donc pas trompé?... il vit !...

— Il a vécu ! répondit froidement Goliath qui ramassa un
revolver sur le sol et en appuya le canon glacé sur le front
du misérable.

Edward Bakley s'interposa.

— Que vous a fait cet homme ? dit-il.

— Ce qu'il m'a fait !... Demandez-le à M. Lassalle et il
vous répondra... Cet homme est un lâche faussaire, un
bandit, un assassin. Longtemps nous l'avons cru mort...
mais je le retrouve enfin, et puisqu'ici il n'y a ni juge ni
bourreau, je serai le juge et le bourreau...

Edward Bakley ne protesta plus. William Clarke, se
voyant perdu, priait, suppliait, mais en vain : il allait mourir quand, à son tour, Jane se précipita entre Goliath et lui.

— Non, dit-elle, pas de meurtre, pas de sang !... Epar-
gnez cet homme si coupable qu'il soit... Il est là garrotté,
impuissant, il peut se repentir encore... oh ! laissez-le, je
vous en supplie, laissez-le !

— Jane, répondit Hector, vous ne savez pas quel démon
est cet homme.

— Que me fait son passé, c'est en l'avenir que j'ai foi !...
c'est la possibilité du repentir, du retour au bien que j'im-
plore pour lui... Ne lui fermez pas cette porte de salut.
Hector, c'est la première grâce que je vous demande, me la
refuserez-vous ?...

— Vous le voulez, cet homme vivra, Goliath, laissez-le...

— Dieu veuille que vous ne vous repentiez pas un jour

de votre générosité, mistress! murmura le brave garçon en passant le revolver à sa ceinture. Mais ne prenons pas racine ici, nous sommes libres, filons.

Étroitement garrottés, les quatre bandits hurlaient, rugissaient, se tordaient, se démenaient sur le sol.

— Adieu! leur cria Goliath, et fasse le ciel que je ne vous retrouve plus sur mon chemin.

Les fugitifs étaient libres, mais brisés, anéantis par trois jours de souffrances, par les péripéties de cette lutte sauvage. A peine sortis, grâce aux faibles rayonnements que projetaient les astres sur la campagne désolée, ils aperçurent les quatre chevaux des bandits attachés aux branches des pins.

— Bonne prise! cria Goliath qui le premier se mit en selle.

Ses compagnons imitèrent son exemple; Hector prit sa jeune femme en croupe, et bientôt la petite cavalcade put s'éloigner au galop de ce lieu sinistre.

— Par où nous diriger? demanda Edward Bakley.

— Marchons vers le sud, répondit Hector, c'est le plus sûr moyen de trouver aide et protection.

Grâce aux étoiles sans nombre qui brillaient dans l'azur profond des cieux, il était facile de se diriger. Toute la nuit la petite troupe garda une allure infernale, tant elle avait hâte de fuir le voisinage des pilleurs d'épaves; mais ce fut en vain; pas une ferme, pas une hutte dans ces solitudes désolées : on eût pu se croire en plein désert.

Quand le soleil radieux versa à flots ses rayons dorés sur la plaine aride, quand les brouillards de la nuit se dissipèrent comme un rideau que l'on soulève, Goliath poussa un cri de triomphe.

—Sauvés! dit-il en désignant une cinquantaine de cavaliers qui s'avançaient en bon ordre : les Dragons de la Reine.

Lord Wilmoore, le capitaine du détachement, en voyant
ces malheureux pâles, hâves, déguenillés, plus semblables
à des spectres qu'à des hommes, piqua droit vers eux.

— Qui êtes-vous? leur demanda-t-il non sans défiance.

— Naufragés de l'*Eagle*, répondit Edward Bakley.

En quelques mots rapides il mit le capitaine au courant
de la situation. Celui-ci était justement à la recherche des
survivants de l'*Eagle*, mais depuis trois jours qu'il fouillait
les environs, il n'avait rien trouvé, rien que des cadavres...

— Ah! dit-il en frisant sa moustache, les principaux
meneurs sont pris au piége! c'est bon à savoir. Par eux
nous connaîtrons les autres.

— Vous connaissez le Château du Diablo?

— Comme tout le monde ici; mais j'étais loin de me
douter qu'il servît de refuge aux pilleurs d'épaves. En
route, enfants! Quant à vous continua Wilmoore en s'a-
dressant aux naufragés, si vous voulez vous reposer, vous
reconforter, ce que je crois, tournez à l'est, et, à moins d'un
mille, vous trouverez un phare où vous serez cordialement
accueillis. Adieu

En même temps il rendit la main à son cheval. Les dragons s'ébranlèrent et disparurent bientôt aux regards des
naufragés, mais disons tout de suite que leurs recherches
n'eurent aucun succès. Quand ils arrivèrent au Château du
Diable, la grotte était vide : les bandits avaient réussi à
briser leurs liens et à prendre la clef des champs.

— Voilà bien le nid, murmura Wilmoore qui s'arracha
presque la moustache de dépit; mais les oiseaux se sont
envolés.

— Oui bien, Votre Honneur! répondit Jack Bourrough,
le sergent du détachement.

Wilmoore n'avait pas trompé les naufragés; moins d'un

quart d'heure après, ils apercevaient sur le fond bleu du ciel, la silhouette du petit phare.

Ce n'était pas un de ces édifices aux murailles de granit, au système compliqué de lampes et de réflecteurs, mais une simple tourelle faite de planches barbouillées de chaux, et supportant une sorte de gril où brûlaient, la nuit et les jours de brouillard des matières résineuses répandant presqu'autant de fumée que de flamme. Ces sortes de phares ne sont pas rares d'ailleurs sur les côtes américaines où l'on bâtit vite et à peu de frais.

Au pied de la tourelle était la demeure du gardien, une charmante maisonnette au grand toit de tuiles rouges, aux murs aussi blancs que le lait.

Les naufragés saluèrent d'un hurrah joyeux cette maisonnette si coquette dans ce paysage désolé, car les côtes du Labrador offrent partout un aspect chaotique, des roches amoncelées, entassées les unes sur les autres, des caps sombres, des falaises à pic que la mousse marine couvre à peine de ses pâles broderies, où nichent par milliers les mouettes et les goëlands.

Au-delà des rochers, la mer s'étendait à perte de vue, bleue, étincelante sous les chauds reflets du soleil, parsemée de voiles blanches qui semblaient des ailes d'oiseaux voyageurs rasant de près les flots...

— Quel calme après tant de tempêtes terribles ! murmura Jane émue.

—Oui, répondit Hector, le contraste est saisissant ! Mais oublions cela et ne songeons qu'à remercier Dieu qui nous a conduits au port.

— Et les bandits ? demanda Edward Bakley.

— Dans quelques heures ils seront entre les mains de la justice, ce qui ne les amusera guère, répondit Goliath:

car, au Canada, la loi est terrible pour ces gentlemen :
pris, pour eux est synonime de pendu...

— Au moins n'aurons-nous pas versé leur sang ! ajouta
Hector comme pour conclure.

Quelques instants plus tard, cordialement accueillis par
le garde et sa femme, ils oubliaient autour d'une bonne
table leurs peines et leurs fatigues.

Cependant, le lecteur se demandera peut-être comment
il se fait que Jane et Hector, que nous avons laissés à
Boston à la veille de se marier, se soient trouvés sur l'*Eagle*
au moment de son naufrage...

En Amérique, comme en Europe d'ailleurs où l'habitude
devient si souvent une loi, il est d'usage que les nouveaux
époux, libres pour la première fois peut-être, entreprennent
seuls un long voyage — le voyage de noces enfin.

Certains endroits sont fréquentés de préférence par les
jeunes couples, et bien des hôtels, bien des somptueux
caravansérails, situés dans des sites romantiques, loin du
bruit, du tumulte des affaires, ne doivent leur prospérité
qu'à cette coutume constamment suivie par la fine fleur du
high-life américain.

Hector ne pouvait aller contre l'usage établi. Mais il
était français, et aux plus beaux sites américains, il préférait le Canada, cette ancienne terre française. Jane avait
avec joie consenti aux projets de son mari, et tous deux
s'étaient embarqués sur l'*Eagle* dans l'intention de remonter
le Saint-Laurent jusqu'à Québec et Montréal, de visiter le
lac Ontario célébré par Cooper, les chutes du Niagara, et,
enfin, de revenir par le railway de New-York et Boston.

Immuable dans son dévoûment, Goliath avait voulu être
de la partie.

— Souvenez-vous de nos derniers voyages, avait-il
répondu à toutes les objections d'Hector, et vous compren-

drez que vous ne devez pas, que vous ne pouvez pas partir
sans moi.

— Venez donc! avait dit Hector.

Et on était parti.

IX. — De Québec au Niagara.

Les exigences sans cesse renaissantes de notre récit nous
conduisent des plaines glacées du Labrador à Montréal, la
deuxième ville du Canada pour son importance, la première peut-être pour son commerce.

Montréal, en effet, est un des grands entrepôts de fourrures de l'extrême nord. Presque tous les canadiens d'ailleurs sont d'excellents chasseurs, et, s'ils ne reculent pas
devant une rencontre avec les terribles fauves des montagnes, ils ne dédaignent pas non plus de tendre des filets,
creuser des trappes, traquer l'hermine et le castor.

Après avoir longuement parlé de Québec, nous ne fati-
guerons pas nos lecteurs d'une description détaillée de
Montréal. Comme Québec, la ville où nous nous arrêtons
est bâtie sur le penchant d'une haute colline et comprend
deux parties bien distinctes, la ville haute et la ville basse.
Ses rues sont larges, bordées de beaux hôtels aux façades
sculptées, enjolivées d'ornements capricieux; beaucoup de
magasins brillants de dorures, aux enseignes les trois
quarts du temps rédigées en français; beaucoup de monuments dont le principal est sans contredit l'église Notre-
Dame dont les tours élancées semblent toucher le ciel;
des squares, des jardins plantés d'érables et de tilleuls,
voilà l'ensemble.

Les quais sont beaux, vastes et admirablement appro-

priés à leur destination. D'innombrables navires chargent
et déchargent sans cesse aux sifflements stridents de la
vapeur et font vivre toute une population de joyeux débar-
deurs. Sur le fleuve ensoleillé et que ride à peine un souffle
léger passent rapidement emportés de grands steamers,
des steamboats conduisant les touristes à l'île Hélène, des
barques de plaisance aux voiles blanches comme les ailes
des oiseaux marins.

Hector et sa jeune femme ne s'étaient arrêtés que quelques jours à Québec; le temps de visiter les environs,
d'accomplir un pieux pèlerinage aux tombeaux de granit
où dorment du même sommeil les deux plus grands hommes
de la guerre Anglo-Française : Wolfe et Montcalm...

Les plaines d'Abraham virent le même jour tomber ces
deux héros, dont les peuples anglais et canadien ont conservé la mémoire, et auxquels leurs soins pieux ont donné
la même sépulture.

Hélas ! ce fut cette fatale bataille qui décida du sort de
la colonie : au lendemain de la mort de Montcalm, le
Canada était perdu pour nous.

Il avait été facile à Hector de se procurer à Québec les
sommes qui lui étaient nécessaires pour continuer son
voyage. Puis il avait télégraphié à Boston pour rassurer
madame Lassalle et le colonel Mac Dowel, car de Québec
à New-York tous les journaux regorgeaient de détails sur
la catastrophe de l'*Eagle*.

A peine arrivés à Québec, Edward Bakley et Tom Wilson
avaient pris congé de leurs nouveaux amis.

— Monsieur, dit Goliath à son maître, ne serait-il pas
plus prudent de retourner à Boston et de là en France ? Je
connais Archibald Loyton, s'il n'a pas le courage sangui-
naire de Nichols Godvolke de funeste mémoire, pour la
ruse et la perfidie, il lui aurait rendu des points. Il n'a pas

renoncé à sa vengeance, vous avez pu le voir, et plus nous serons loin de lui, mieux ça vaudra.

— A quoi bon nous inquiéter de cet homme? A cette heure sans doute il est prisonnier et, vous l'avez dit, les lois anglaises ne transigent jamais avec les naufrageurs : la potence les attend.

— Hélas! Monsieur, peut-on savoir ce qui adviendra de tout ceci? Tant que je n'aurai pas vu le corps de ce misérable se balancer à l'extrémité d'une corde, j'aurai peur de lui.

— Poltron! Mais pas un mot à Jane! elle ignore cette histoire terrible. Comprenez ceci : si nous retournions brusquement à Boston, on cherchera et on finira par trouver les motifs de ce prompt retour; je ne veux alarmer personne. Cependant, si de nouvelles complications surgissent, je vous promets d'être prudent, très-prudent...

Goliath avait dû se contenter de cette réponse, et, après quelques jours à Québec, comme nous l'avons dit plus haut, on avait pris passage sur un des nombreux steamboats qui remontent le fleuve jusqu'à Montréal et Kingston sur le bord du lac Ontario.

Bien que le railway accomplisse le même trajet, les touristes, les vrais amateurs du pittoresque lui préfèrent généralement le steamboat; cet énorme navire, cette arche de Noé plutôt, au triple étage de cabines, aux énormes cheminées, où se trouve tout le comfort désirable, bien qu'emporté aussi par la vapeur, glisse plus lentement sur le manteau calme des eaux que le monstre de fer sur ses rails polis et permet ainsi d'examiner à loisir les paysages si romantiques du Saint-Laurent.

Partout les deux rives sont couvertes de frais villages, de petites villes aux amas de blanches maisonnettes; les fermes se devinent sous les épais ombrages des chênes et

des érables qui, vienne l'hiver, fourniront une abondante
récolte de sucre; les cheminées toujours couronnées de
fumée des usines, les moulins à huile, les clochers gothi-
ques que surmonte la croix latine et qui percent fiers et
hardis les masses tremblantes du feuillage, ajoutent encore
à la beauté, au pittoresque du paysage.

Le soir, à l'heure où le soleil couchant empourpre de ses
vifs reflets le fleuve large et puissant, on entend la voix
argentine des cloches tinter gaiement l'*Angelus*, et dans les
champs, sur les routes, les *habitants* (1) se découvrent
pieusement en faisant le signe de la croix.

— On se croirait encore en France! disait Hector ému.

— C'est vrai, répondit Jane. Les Canadiens ont encore
conservé tous les usages, toutes les habitudes de leur
première patrie, et quoique soumis depuis longtemps,
c'est avec impatience, colère même qu'ils supportent le
joug, c'est avec joie qu'ils le briseraient s'ils en voyaient la
possibilité.

— Possibilité qui n'arrivera jamais, hélas! L'incapacité,
la folle insouciance de Louis XV et de ses ministres ont
pour jamais creusé un abîme entre le Canada et la France.

Le soleil se couchait quand le steamboat s'arrêta à
quai en face de Montréal. La ville entière, étageant ses
maisons pittoresques sur le flanc de la montagne, apparaissait comme baignée dans une buée rose, et les derniers feux du jour, irradiant splendidement les sommets
des hauts édifices, les coupoles des temples, les tours
jumelles de Notre-Dame, se réfléchissaient encore sur les
vitres brillantes qui de loin ressemblaient à de larges
rubis.

(1) Les cultivateurs canadiens repoussent comme indigne d'eux la
qualification de *paysans*; celle d'*habitants* est la seule qu'ils supportent.

Au-delà les piles rigides, le tablier métallique du pont Victoria découpaient nettement leurs arches géantes.

Les voyageurs qui, en débarquant, avaient accepté les services d'un guide, se firent immédiatement conduire dans un des plus somptueux hôtels de Saint-James street.

Mais il était écrit qu'ils ne feraient pas long séjour au Canada. Après un repas pris à table d'hôte, en compagnie de ladys plus ou moins authentiques, de lords froids et gourmés, d'officiers supérieurs, de *clergymen*, tous gens voyageant non pour leur plaisir, mais poussés par cette fièvre de locomotion qui s'empare à certains moments des blonds fils de la blanche Albion. Hector et Goliath, retirés dans un petit salon, fumaient d'excellents cigares tout en parcourant nonchalamment les journaux.

Soudain Goliath bondit.

— Ah! fit-il d'une voix rauque, je vous disais bien que ce démon n'avait pas renoncé à la lutte, que nous n'étions pas débarrassés de ses poursuites odieuses! Lisez...

En même temps il passa à Hector le *journal de Québec* et lui désigna du doigt un article qui commençait par ces mots tracés en gros caractères :

RAPPORT DU CAPITAINE J. T. WILMOORE.

Ce rapport, que nous ne transcrirons pas ici, racontait la déconvenue des dragons et de leur chef, lors qu'arrivés au Château du Diable ils avaient trouvé la grotte veuve de ses prisonniers.

— C'est donc une guerre à mort! s'écria Hector en frappant du pied. Vous avez raison, Goliath, mieux vaut abandonner la place à ce gredin, mieux vaut quitter l'Amérique et gagner la France... Nous partirons demain.

— Pour Boston? demanda Goliath.

— Oui, mais en faisant un détour. Il importe que le

misérable nous croit en pleine sécurité, il importe de ne
montrer ni crainte ni défiance. Nous ne changerons rien à
notre itinéraire, nous l'activerons seulement ; nous allons
prendre le railway jusqu'à Kingston ; là, nous traverserons
le lac Ontario, nous jetterons un coup d'œil sur les chutes
du Niagara et, à Buffalo, nous reprendrons le train pour
Albany et Boston.

Goliath hocha tristement la tête.

— L'amour propre est une bonne chose, Monsieur, dit-il ;
mais en présence de tels coquins, croyez-moi, il est préfé-
rable de se hâter, de prendre immédiatement le railway
qui conduit directement à Boston : dans quarante heures
nous serons rendus.

— Auriez-vous peur, Goliath ?...

— Monsieur, je me suis donné à vous et vous l'ai dit une
fois pour toutes : *Commandez, j'obéirai !...*

— Brave cœur, va, je ne serai point ingrat ! Mais ne
changeons rien à notre premier itinéraire, c'est plus prudent. Surtout, pas un mot à Jane : qu'elle ignore tout.

— Vous serez obéi, Monsieur. Ah ! continua le brave
garçon, pourquoi ne l'avons-nous pas écrasée quand nous
la tenions cette vipère ! ce sera l'éternel regret de ma vie...
Non ! si un malheur arrive, je ne m'en consolerai jamais...

— Confiance en Dieu, ami ; il veille sur nous et ne per-
mettra pas que le mal triomphe. Allez et préparez tout
pour notre prochain départ ; nous prendrons le premier
train.

Goliath sortit en hochant la tête. Resté seul, Hector profondément découragé se laissa tomber dans un fauteuil,
et, la tête ensevelie dans ses deux mains, il réfléchit longtemps.

— Toujours la lutte ! toujours cet éternel combat ! murmura-t-il d'une voix triste. Ah ! si j'étais seul encore, si

une autre existence n'était pas liée à la mienne avec
quelle joie je poursuivrais ce misérable! avec quelle joie
je l'écraserais sous mon talon!... Mais il n'y faut pas
songer, je ne suis plus maître de ma vie, je l'ai consacrée
à Jane... Aristide, Weddy, dignes amis, pourquoi faut-il
que nous soyons séparés?... Mais je m'égare... Quelques
jours encore et la mer comme une barrière infranchissa-
ble nous séparera de ce maudit.

Le lendemain de grand matin Hector, Jane et Goliath
montaient dans un des wagons du railway qui court de
Montréal à Kingston.

Bien que surprise de quitter une ville que, quelques
jours auparavant, Hector se faisait une si grande fête de
visiter en détail, la jeune femme n'avait fait aucune observation.

Le lourd convoi filait avec rapidité sur les rails de fer. Il
franchit sur un pont l'Ottawa dont la large embouchure
scintillait au soleil et continua sa marche suivant de près
le cours du Saint-Laurent. Le paysage aux lignes calmes
et sévères était égayé par une multitude de village, de
fabriques, de cottages à l'architecture fantaisiste; de
nombreux navires aux grandes voiles, des petits canots
manœuvrés à l'aviron glissaient mollement sur le fleuve.

Kingston, où l'on arriva bientôt, est une petite ville
coquettement assise sur la rive de l'Ontario presqu'au
point où le fleuve, bouillonnant dans les chenaux étroits
qu'il s'est creusés au milieu d'îles sans nombre, sort du
lac pour se précipiter après un long parcours dans les
flots tumultueux de l'Atlantique.

Constamment visité par les curieux, les touristes qui se
rendent au Niagara, Kingston jouit d'une prospérité réelle
et qui ira toujours en s'accroissant.

Le lac Ontario n'est plus ce qu'il était au temps où

Cooper célébrait ses beautés. Partout, sur ses rives jadis foulées par le mocassin du Delaware ou de l'Iroquois, courent, serpentent, s'enchevêtrent de longues lignes ferrées : l'industrie, l'agriculture ont accaparé ses îles nombreuses : des steamboats, de fins voiliers sillonnent sans cesse ses flots profonds : des villes, enfin, les unes anglaises, les autres américaines s'élèvent sur ses bords au pied de collines couvertes d'une puissante végétation.

Mais à part ces *embellissements* forcés de la civilisation, ce sont toujours les mêmes paysages calmes et placides, les mêmes aspects, grandioses ici, là riants et pleins de poésie agreste. Et quand, perdu au milieu de ce lac immense, alors que les villes, les bourgades, les usines ont disparu, alors qu'on n'entend plus le souffle rauque et puissant des steamboats, on ferme instinctivement les yeux, on croit apercevoir dans un mirage trompeur la barque de *Jasper-Eau-douce* glissant doucement sur la vague, ou la *Fille du Sergent* assise à la pointe d'un îlot et baignant ses pieds blancs dans l'onde transparente.

Telles étaient sans doute les pensées de Jane et d'Hector, alors que debout à l'arrière du steamboat qui les transportait vers les chutes, ils contemplaient rêveurs les magnifiques scèneries qui se déroulaient à leurs yeux.

X. — Où Hector retrouve une vieille connaissance

Le docteur Livingstone en décrivant les admirables chutes Victoria sur le Zambèze, ne leur trouve qu'un seul point de comparaison : le Niagara.

Pour décrire un tel tableau la plume est faible, la pensée

impuissante : il faudrait les magiques couleurs a un pin-
ceau habile... et encore !...

Jadis, selon toutes probabilités, selon les affirmations
des géologues les plus autorisés, les lacs Ontario et Erié
ne communiquaient pas ensemble, séparés qu'ils étaient
l'un de l'autre par une barrière de rochers : il a fallu
l'action latente et corrosive des flots pendant des siècles et
des siècles encore pour creuser ce chenal gigantesque d'où
ils se précipitent d'une hauteur de plus de 300 mètres.

Ce n'est que des hauteurs voisines, toutes fort pittoresques, que le touriste peut contempler à son gré cet
étonnant phénomène, ce travail sublime de la nature, voir
cette chute géante élargir en éventail ses eaux colorées de
tous les prismes, se précipiter rauque, tonnante, échevelée
dans un abîme sans fond. De tous côtés l'air est obscurci
par un brouillard humide et pénétrant; l'on n'entend que des
rauquements, des sanglots, des clameurs infernales, et, si
les yeux se portent au fond du gouffre, où l'écume comme
une dentelle d'argent brode richement le fond sombre des
rochers, les titres bizarres des écueils qui émergent noirs,
sinistres de cette blancheur sépulcrale, il faut être bien
sûr de soi ou se cramponner solidement aux cordes, aux
broussailles pour échapper au vertige.

Un tel spectacle gagnerait à être vu dans un site solitaire, loin du bruit, de l'agitation. Mais la spéculation, la
concurrence règnent souverainement dans ces parages, et si,
grâce à elles, la fatigue, le danger même ont été supprimés,
le pittoresque y perd, n'en doutons pas.

Tous les points qui dominent les chutes ont été victorieu-
sement conquis par les spéculateurs. Ici courent des sentiers en zigzags longeant les abîmes et les franchissant
parfois sur des troncs tremblants ; là se creusent des
tunnels, se dressent des ascenseurs, des escaliers aux

degres de bois. Enfin des ponts métalliques d'une solidité
éprouvée ont été jetés au-dessus des chutes mêmes par
l'illustre constructeur du pont de Brooklyn, à New-York.

Des hôtels confortables, des maisons de secours couvrent
toutes les hauteurs et tiennent à la disposition des touristes
des guides expérimentés, des vêtements spéciaux contre
l'humidité et le froid, car les chutes du Niagara jouissent
hiver comme été de la même vogue.

Hector et Jane, le lendemain de leur arrivée, se firent
conduire à *table-rock* (1) d'où l'on jouit sans danger de la
plus belle vue des chutes.

Là une surprise les attendait.

Comme toujours les abords des chutes étaient encombrés
d'une foule nombreuse et mélangée. Beaucoup de français
railleurs, babillards, sacrifiant tout au plaisir de faire un
bon mot; plus encore d'anglais maigres, rigides, au poil
roux, traînant après eux femmes, enfants, gouvernantes;
de misses aux cheveux d'or, aux toilettes impossibles, à
la recherche de maris; et, brochant sur le tout, des
Yankees à l'air ennuyé, des révérends plongés dans une
rêverie profonde et se demandant si ce gouffre béant, d'où
sortaient des rugissements affreux, des clameurs folles,
n'était pas une vivante image de l'enfer...

Seuls les vrais amis de la nature contemplaient, le cœur
ému, cette splendide nappe d'eau que le soleil pailletait
d'étincelles diamantées, teignait de pourpre et d'or, écoutaient ces grondements rauques et sauvages qui couvraient
tous les bruits.

Tel n'était pas pourtant le cas d'un jeune gentleman qui,
le monocle à l'œil, le jonc à la main, pérorait entouré d'un
auditoire nombreux. A son petit chapeau crânement posé
de travers, à son veston étriqué, à son large pantalon à

(1) Rocher-table.

carreaux, à sa barbe en broussaille, il était facile de le reconnaître pour un français, un artiste peut-être.

La lèvre dédaigneuse, le geste inspiré, il essayait d'*expliquer* — qu'on nous pardonne le mot — les chutes aux Anglais et aux Américains qui les connaissaient mieux que lui.

Un grand escogriffe aux cheveux de filasse se tenait à quelques pas en arrière, chargé d'un immense parapluie, d'un pliant et d'un plaid écossais.

— Mais je ne me trompe pas! s'écria Hector soudain, c'est l'ami Aristide!...

Et il marcha droit à l'individu en question.

Celui-ci l'avait aperçu aussi.

— Hector! dit-il en courant au-devant de son ami sans se soucier de son auditoire qu'il plantait là d'une façon si peu parlementaire. Enfin, je te revois!...

Mais apercevant Jane

— Ta femme? dit-il.

— Oui, miss Jane Mac Dowel, aujourd'hui madame Lassale, fit Hector en souriant. Jane, continua-t-il, je vous présente mon meilleur, mon plus fidèle ami.

La jeune femme tendit sa petite main à Aristide Bonneau, qui la serra énergiquement.

— Madame, reprit-il, nous vous en voulions tous à Paris d'avoir enchaîné la liberté de notre ami ; nous ne lui pardonnions pas de s'être marié en Amérique. Mais en vous voyant, je comprends combien il avait raison. Puisse cet aveu dépouillé d'artifice, comme on dit aux *Français*, me mériter votre pardon...

— Vous êtes tout pardonné, dit Jane en souriant.

— Mais continua Hector, pourquoi es-tu ici?

— Tu es épatant, mon cher! Pourquoi? parce que tu y es, ingrat. Tu m'écris que tu te maries, naturellement je

me décide à passer la mer pour signer à ton contrat,
mais par un funeste concours de circonstances, comme les
légendaires carabiniers, j'arrive trop tard... Plains-moi,
mais ne me blâme pas. Bref, j'arrive à Boston : là ta mère
m'apprend ton départ en même temps que l'itinéraire que
tu devais suivre. Courir après toi, c'était risquer de faire
le tour du monde avant de te rejoindre ; je préférai donc
courir à ta rencontre par une autre route, et grâce au
Pensylvania-Road-Erié, j'ai pu te devancer et t'attendre.

De nouveau Hector lui serra la main et se penchant à
son oreille.

— Merci, dit-il, tu ne saurais croire combien je te suis
reconnaissant !... *Il* n'est pas mort...

— Ah ! je me disais bien qu'un tel coquin ne pouvait
mourir d'un bain froid ! Tu l'as revu ?...

— Oui. Mais rentrons, je te raconterai cela plus tard.

— Jasmin, suivez-moi, dit Aristide au grand escogriffe.

— Quel est ce Jasmin ?

— C'est mon laquais. A vrai dire, il s'appelle Joseph
Servant, un nom stupide ! aussi, de mon autorité je l'ai
débaptisé pour le rebaptiser Jasmin. C'est plus régence. Au
fond, un garçon intelligent et capable quoique paresseux
en diable. Il a de solides qualités ; ainsi il ne décachète
jamais mes lettres, il comprend un ordre quand on le lui a
répété trois fois seulement, il sait faire la cuisine et boit
comme un allemand sans s'enivrer.

— Toujours fou !...

— Allons donc !... je suis sage, très-sage.

Et tout en babillant théâtres, modes, chiffons — Aristide
excellait dans ce genre de conversation — on atteignit
l'hôtel où le jeune couple était descendu la veille, on pourrait presque dire *monté*, car cet hôtel, vrai palais des
Mille et une Nuits où un landlor intelligent avait réuni

tout le luxe, tout le comfort des deux mondes, était situé au sommet d'un plateau boisé et dominant le lac.

Goliath attendait son maître.

— Monsieur Bonneau ! fit-il en reconnaissant Aristide.

— Moi-même, digne Yankee ! Il parait que vous avez une mémoire de créancier ? Tenez, voilà un garçon que je vous confie. A Paris il est intelligent comme pas un ; mais ici, il faut bien le reconnaître, il se trouve stupide comme une oie. Vous le formerez.

Tout en parlant il s'était débarrassé de son attirail de touriste.

Hector revint vers lui.

— Jane change de toilette pour le dîner, dit-il, profitons de ce moment pour causer sérieusement.

— Je ne demande pas mieux. Parle, j'écoute.

Laissons nos amis en tête à tête, et voyons ce qui se passait à Buffalo deux jours plus tôt.

Buffalo, situé sur les rives du lac Erié au point où la rivière Niagara se jette dans le lac, est un des grands centres industriels de cette région. C'est une ville toute moderne, aussi possède-t-elle peu de monuments intéressants et ressemble-t-elle par beaucoup de points, par ses parcs, ses squares, les larges voies aux autres cités américaines.

Sa position à l'extrême pointe du lac, à l'embouchure de la rivière canalisée qui traverse l'état de New-York et rejoint l'Hudson, en fait une place maritime de premier ordre. C'est de Buffalo que partent chaque année les immenses chargements de grains, venus des états de l'ouest et du nord-ouest sur des bâtiments légers, et qu'il faut promptement décharger pour les recharger sur d'autres navires spécialement construits pour la navigation du canal.

Tout cela donne à la petite ville une animation extraordinaire.

Pénétrons dans la maison de Phinéas Griffith

Phinéas Griffith était un petit vieillard ayant depuis
longtemps passé la soixantaine. Propret, guilleret, ayant
le mot pour rire et grimaçant toujours comme un singe, il
était de plus fort ami de la bonne chère et des plaisirs. Il
avait longtemps dirigé un commerce assez étendu de pel-
leteries et de cuirs tannés ; mais depuis la mort de sa
femme et le mariage de sa fille aînée, Ellen, avec John
Winkook, il s'était retiré des affaires, et occupait avec sa
deuxième fille, miss Mary, une des petites maisons du
quai.

On le disait riche de quelques milliers de dollars. Cependant son existence était des plus simples et son domestique
ne se composait que de deux personnes, un nègre aux
cheveux blanchis et une virago d'une quarantaine d'années
environ répondant au doux nom de Barbara.

Assis dans un grand fauteuil de cannes, dans une petite
salle à manger simplement décorée, mais tenue avec une
propreté hollandaise, le vieux Phinéas parcourait distrai-
tement son journal tout en jetant d'amoureux regards sur
la table déjà servie.

Une lampe accrochée au plafond éclairait la petite salle
d'un jour discret.

Mary, une jeune fille de vingt-deux ans, vive, alerte,
charmante dans son simple costume d'intérieur, allait et
venait de la table au buffet ; du fond de la cuisine on
entendait le remuement des plats, des casseroles, bruit
plein de promesses que dominaient pourtant l'organe
masculin de Barbara, la voix chevrotante du vieux
Salm.

— Hé! hé! voilà comment je comprends la vie! dit

Phinéas en repliant son journal. Un intérieur confortable, une bonne table autour de laquelle se placent de vrais amis, les joies de la famille enfin, voilà mon rêve. Mary, soignez le dîner pourtant, car cette oie de Barbara n'en fait jamais qu'à sa tête, et celui que nous attendons n'est pas le premier venu.

— Qui donc, mon père ? interrogea Mary en venant s'asseoir auprès de lui.

— Monsieur William Clarke, mon correspondant de Québec à l'époque où j'étais encore dans les affaires. Il m'a télégraphié qu'il viendrait aujourd'hui pour *affaires sérieuses*. Ma foi, je l'enverrai à John. En attendant, Mary, faites-vous belle : ce gentleman, très-convenable, est encore garçon, et peut-être..... Hé! hé! vous m'avez compris.....

— Non, mon père, déclara nettement la jeune fille. Si c'est pour moi que ce gentleman se dérange, il perd son temps. Je n'épouserai jamais que quelqu'un que j'estimerai, et vous savez, mon père, que vos correspondants de Québec et d'ailleurs ne sont pas dans ce cas...

— Que voulez-vous dire, Mary ? fit le vieillard dont l'œil émerillonné lançait des éclairs. Tout doit plier sous ma volonté, ne l'oubliez pas.

Miss Mary, élevée à l'américaine, avait sa volonté aussi. Elle se contenta de hausser les épaules à la virulente apostrophe du vieillard, et répondit froidement :

— Quand il sera question de décider de ma vie entière, vous me permettrez de me consulter, mon père.

Un coup violent frappé à la porte de la rue empêcha Phinéas de répondre.

— Voici mon convive! dit-il en se levant. Salm, vieille carcasse! Barbara, vieille folle! prenez de la lumière et allez ouvrir...

Le vieux nègre s'empressa d'obéir. L'escalier cria sous
des pas lourds et précipités, et la porte s'ouvrant livra
passage non à un, comme le croyait Phineas Griffith, mais
à quatre hommes.

II. — Où le complot se dessine.

Le bonhomme ne put s'empêcher de faire la grimace à
la vue de ce surcroît de convives, et son regard piteux alla
de la table si appétissante aux quatre énormes gaillards
qui se présentaient.

— Soyez les bienvenus ! dit-il néanmoins. Mais William
Clarke, je le déclare ici, c'est une traîtrise, une véritable
traîtrise, de m'envoyer trois convives sans au moins me
prévenir... J'aurais pris mes dispositions en conséquence.

— Allons, vénérable Phineas, ne vous fâchez pas, interrompit William. Ces honorables *gentlemens* se contenteront
de ce qu'il y a. A table donc, j'ai une faim de loup...

Sur un signe de son maître, Salm apporta de nouveaux
couverts, et les cinq hommes se mirent à table, Mary
ayant déclaré qu'elle mangerait dans sa chambre. Phineas
avait splendidement ordonné les choses à son point de vue
du moins : un potage succulent, d'énormes tranches de
bœuf, une oie grasse et un saumon monstrueux compo-
saient le menu que couronna un pudding au rhum.

Pour boisson de l'eau claire ou du thé au gré des
convives.

Les cinq hommes travaillaient résolûment des mâchoires
et eurent bien vite englouti cette énorme quantité de

victuailles. Phineas ordonna alors de préparer le grog, et quand cette boisson eut été apportée toute bouillante de la cuisine, il ferma lui-même la porte et revint près de ses convives.

— Voilà du tabac de Virginie ; bourrez vos pipes et causons, dit-il.

— Oui, causons ! répéta William Clarke. D'abord, père Phineas, laissez-moi m'excuser de vous avoir amené tant de bouches affamées ; mais quand vous connaîtrez les messieurs Thorps frères et fils, vous m'approuverez pleinement. Maintenant une question : êtes-vous riche ?

Phineas bondit sur son siége.

— Riche !... dit-il, riche !... Je calcule...

— Ne calculez rien

— Je déclare pourtant...

— Ne déclarez pas.

— Je suppose enfin...

— Inutile de supposer vous dis-je ! Je ne viens pas vous emprunter vos dollards. Ils sont à vous, gardez-les. Ce que je veux savoir c'est si vous prêteriez les mains à une affaire qui peut doubler, tripler votre avoir...

Les yeux émérillonnés de l'avare lancèrent des éclairs.

— Sans risques ? dit-il.

— Oh ! oh ! vieil Harpagon, comme vous y allez ! Sans risques, non ; mais je prends la majeure partie du danger pour moi. Écoutez bien : à quelque centaine de lieues d'ici, sur les rives du Susquehanna, dort un trésor que j'évalue à un million de dollars... Vous avez entendu, un million de dollars !...

Phineas, Bob, Joëe et Ned Thorps bondirent sur leurs siéges.

— Un million de dollars ! reprit Phineas. Et vous savez l'endroit exact où repose cette fortune ?

— Je l'ai enfouie moi-même.

— Alors, il n'y a qu'à partir. Nous sommes ici cinq hommes énergiques, résolus ; une nuit nous suffira pour faire l'affaire et enlever le magot.

— Malheureusement, fit William en hochant la tête, entre cette fortune et nous se dresse un obstacle qu'il faut supprimer. Tant que cet homme vivra nous ne pourrons rien.

— Et vous le nommez ?

— C'est un français, un nommé Hector Lassalle.

— Le neveu d'Ichabod Creikfoorth! fit Phineas avec un sourire malin. Je comprends. Mais je suppose que cet homme n'est pas invulnérable ; on peut l'attaquer une nuit, lui chercher une bonne querelle, le supprimer sans éclat... C'est si facile de faire disparaître un homme dans notre libre Amérique!...

William plia les épaules.

— Vous ne connaissez pas cet homme, dit-il, c'est un véritable démon. Maintenant il m'a vu et il se tient sur ses gardes. Oh! me venger!... me venger!...

Joëe Thorps, qui jusqu'alors s'était contenté de s'empiffrer consciencieusement, releva la tête.

— Il me semble, gentleman, dit-il, qu'il y a un moyen bien simple de paralyser, de réduire à l'impuissance cet homme que je hais autant que vous pour le mauvais tour qu'il nous a joué au Château du Diable. Je suppose qu'on lui enlève sa femme, qu'on la séquestre dans quelque ville éloignée... Que croyez-vous qu'il fasse alors ? Il oubliera tout, il abandonnera tout pour ne songer qu'à elle, pour essayer de découvrir sa trace...

— Ce serait jouer gros jeu, hasarda Phineas.

— Oh! gentleman, nous ne lui ferons aucun mal. Nous serons au contraire pour elle des serviteurs dévoués et

respectueux. Je n'ai pas l'esprit inventif, mais je suppose
qu'il serait facile d'arriver à notre but sans courir de
grands risques. La jeune femme en notre pouvoir, le mari
se livrerait pieds et poings liés et nous n'aurions qu'à lui
imposer nos conditions.

— La chose est faisable en effet, murmura William
Clarke ; mais pour cela il faudrait éloigner le mari.

— Rien de plus facile, dit encore Phineas. Cet homme
possède-t-il toujours les sources de pétrole d'Ichabod
Creikfoorth ?

— Il en a vendu une partie ; mais il lui en reste d'importantes. Pittrole-Lake entre autres, une exploitation qui
occupe plus de cent ouvriers, entre Harrisburg et
Lewistown.

— Alors nous n'avons plus à nous en inquiéter : il délo-
gera. Mais avant tout, convenons de nos conditions. Quelle
sera notre part du trésor déniché ?

— La moitié pour vous quatre, l'autre moitié pour moi,
déclara nettement William Clarke.

— Soit ! acquiescèrent les bandits.

Et tandis que le rhum coulait à flots, que les pipes lançaient au plafond de peu odorants nuages de fumée, nos
cinq gredins examinèrent sous toutes ses faces leur plan
infernal et convinrent de frapper immédiatement le premier
coup.

Phineas Griffith, on l'a deviné, n'était autre chose qu'un
des nombreux correspondants de l'agence peu avouable
de Québec. Voilant sous des dehors hypocrites ses instincts
mauvais, il avait réussi à se faire passer pour un bon
bourgeois, un être inoffensif, et à Buffalo, où il était connu
de tous, nul ne soupçonnait sa coupable industrie.

Nous avions laissé nos quatre coquins pieds et poings
liés dans la grotte du Château du Diable. Malheureusement

6

leurs liens faits de lambeaux de vêtements, étaient peu solides, et il avait été facile à Ned, garçon robuste et résolu, de les user sur les aspérités des rochers. Libre, son premier soin avait été de délivrer ses compagnons, et tous quatre, rugissant de rage, s'étaient précipités au-dehors.

Là, nouvelle déception : les chevaux avaient disparu.

— Damnation sur nous! s'était écrié William Clarke. Les misérables ont enlevé nos chevaux, nous ne pouvons les poursuivre...

Seul le vieux Joëe n'avait rien perdu de son sang-froid.

— Nous trouverons d'autres montures à la roche rouge, avait-il dit, venons.

Mais les fugitifs avaient trop d'avance pour qu'on pût les rejoindre.

William et ses dignes complices avaient alors pris la route de Québec où ils avaient retrouvé Jane et Hector. Certains alors que les jeunes époux n'avaient pas renoncé à leur voyage de noces, ils avaient pris les devants et, par le railway, s'étaient rendus à Buffalo où William savait trouver dans Phineas Griffith l'appui nécessaire pour mener à bonne fin le projet qui germait déjà dans sa fertile cervelle.

Joëe et Ned Thorps, qui comprenaient que le séjour du Labrador et même du Canada leur serait malsain tant que les dragons n'auraient pas renoncé à leurs poursuites, s'étaient décidés à associer leur fortune à celle de William Clarke.

Mais abandonnons ces misérables, et retournons au Niagara, à *l'hôtel du Faucon* où nous avons laissé nos héros.

C'était le soir. La lune, qui s'était levée belle et sereine dans un ciel pur, éclairait splendidement les Chutes Géantes, réfléchissant sa large face sur les eaux calmes de l'Érié et de l'Ontario, tandis que la brise fraîche et parfumée continuait dans le feuillage son éternel concert à la nuit.

Tandis que les vrais touristes, les amis du pittoresque contemplaient sous les pâles lueurs de la lune cette cataracte qu'ils avaient vue si belle, si grandiose sous les brûlantes caresses du soleil; les autres assiégeaient les tables de jeux, remplissaient les salons, pleins de fleurs et de parfums, que des lustres de cristal inondaient de mille feux.

Ici c'était un orchestre dissimulé dans de grands massifs de plantes tropicales; là un théâtre était dressé où gambadaient des clowns, où roucoulaient des chanteurs, des cantatrices d'occasion; ailleurs on buvait, on riait.

Hector, Aristide et Jane, isolés dans l'embrasure d'une fenêtre, s'abandonnaient au charme d'une causerie que berçaient les flons-flons de l'orchestre, les rugissements lointains, mais menaçants encore de la cataracte.

Aristide parlait de Paris qu'il vantait outre mesure selon sa louable habitude, et les deux époux écoutaient en souriant ses tirades passionnées, ses aperçus aussi étranges qu'humoristiques.

— Vous n'êtes donc jamais venue à Paris? demanda-t-il à Jane.

— Jamais, répondit la jeune femme.

Hector saisit la balle au bond.

— Eh bien, Jane, fit-il brusquement, que diriez-vous si au lieu de cette insipide tournée dans un pays que vous connaissez par cœur, je vous offrais un véritable voyage en France, à Paris?

— Ce serait charmant! fit-elle en frappant des mains.

— Eh bien, nous partirons demain. Vous allez m'appeler égoïste, visionnaire, continua Hector avec un pâle sourire;

mais c'est plus fort que ma volonté. Quand tant d'éléments de bonheur sont réunis ici, quand je vous ai près de moi, Jane, je suis presque malheureux, presqu'ennuyé! Comme le disait si bien tout à l'heure Aristide à qui je me suis confessé, Paris me manque, j'ai la nostalgie du boulevard...

Il fut interrompu par un domestique en habit noir qui s'approcha de lui.

— Il y a un télégramme pour monsieur, dit-il.

— J'y vais, répondit Hector.

Il suivit le domestique au bureau télégraphique de l'hôtel où, contre un reçu, on lui remit une enveloppe fermée. D'une main fébrile il déchira l'enveloppe, et parcourut rapidement le télégramme qui, d'ailleurs, ne contenait que ces mots.

« Pittrole Lake 21 juin 187... — Hector Lassalle, Hôtel
» Faucon — Niagara.
» Puits brûlent depuis ce matin. Accourez. —

> » R. BARCKUS »

Ce Barckus était le gérant de l'exploitation, on pouvait donc avoir toute confiance en lui, et, d'ailleurs, le lieu d'origine de la dépêche levait tout soupçon si le soupçon pouvait exister. Néanmoins Hector hésitait encore : comment Barckus avait-il appris son adresse?

Ce dernier doute fut levé par une nouvelle dépêche datée cette fois de Boston.

R. Barckus télégraphie que puits brûlent à Pittrole
» Lake. — Où répondu immédiatement et fait connaître
» votre adresse. — Avisez en toute hâte. —

> » MAC-DOWEL. »

Rapidement Hector avait pris une détermination.

— J'irai là-bas! dit-il.

Il revint dans la salle où il avait laissé Jane et Aristide, et leur fit part de ce qu'il venait d'apprendre.

— Mon devoir m'ordonne de me rendre sur le théâtre de la catastrophe, de diriger les secours, d'aider les malheureux ouvriers, de secourir les victimes, dit-il résolûment.

— Partons alors, répondit Jane.

— A quoi bon! dit encore Hector, de quel secours me serez-vous là-bas. Faites mieux, demain prenez le train de Boston, et attendez-moi chez votre père. Maintenant, je vais faire atteler et descendre à Buffalo où je profiterai du premier train pour Harrisburg.

Dix minutes plus tard, il était prê

Jane et Aristide l'accompagnèrent jusqu'à la voiture.

— Surtout, dit-il à Aristide en lui serrant fortement la main, veille sur elle, je te la confie...

— Sois tranquille, on aura les yeux ouverts. Mais pourquoi ne pas t'accompagner?

— C'est inutile.

— Emmène Goliath, au moins.

— Non. Goliath est intelligent, dévoué, il veillera avec toi. N'oublie pas que le bandit est peut-être sur nos traces, qu'il ne reculera devant rien pour assurer sa vengeance. Adieu.

Il pressa tendrement Jane sur sa poitrine, serra encore une fois la main que lui tendait Aristide et monta dans la voiture qui l'entraîna rapidement vers Buffalo.

XII. — Une nuit terrible.

Quand Hector arriva en gare, le dernier train de New-York venait d'arriver et déversait sur le quai le flot barioló de ses voyageurs, mélange indescriptible d'Anglais, d'Allemands, de Yankees et même de Français, accourus tous pour contempler les célèbres chutes.

Hector laissa passer la foule et s'informa si un train no partait pas bientôt pour Elmira, où il lui faudrait changer de wagon et suivre la ligne qui court de cette dernière ville à Harrisburg. Sur la réponse affirmative de l'employé auquel il s'était adressé, il télégraphia immédiatement à Rodolphe Barckus sa prochaine arrivée.

Puis, pour tuer le temps, il entra dans un *bar-room* ou débit américain, ainsi nommé parce qu'une solide barrière défend le comptoir, derrière lequel trône le cabaretier, des attouchements parfois trop familiers des clients. Là, il se fit verser un verre de scherry, et, après avoir allumé un cigarre, revint sur le quai.

Les cloches tintaient maintenant, la vapeur fusait et derrière les *cars* ou chariots à bagages, les voyageurs arrivaient se pressant, se bousculant. Hector monta dans le premier wagon à sa portée, et, usant du droit incontesté en Amérique du premier occupant, s'installa le plus confortablement qu'il pût dans son coin.

Les wagons américains, d'ailleurs, sont commodes, confortables, et bien qu'il n'existe qu'une seule classe, l'égalité des citoyens étant la base fondamentale de l'Union américaine, les exploitateurs des principales lignes ont

trouvé moyen d'installer des compartiments salons avec
des livres, des journaux, des compartiments chambres à
coucher, des fumoirs où les personnes qui veulent s'isoler
de la foule ont accès moyennant un léger supplément au
prix du voyage.

Enfin la machine exhala un dernier rugissement, les
portières violemment refermées claquèrent avec bruit, et
le train s'ébranlant glissa lentement d'abord, puis à toute
vapeur sur la voie ferrée.

Grâce aux globes de cristal dépoli, contenant les lampes
à pétrole qui éclairaient le wagon, Hector put examiner à
son aise ses compagnons de voyage.

Ils étaient peu nombreux : deux gros négociants d'abord,
l'éternel ministre qu'en Amérique on est toujours sûr de
rencontrer partout; une dame d'âge respectable accompa-
gnée de ses trois jeunes filles, ensuite; enfin, un homme
paraissant âgé déjà, qui, une casquette de loutre enfoncée
sur les yeux, le collet de son immense ulster relevé
jusqu'aux oreilles, occupait un coin en face de notre héros.

Tout ce monde paraissait vivre sur le pied de la plus
parfaite égalité. Le convoi filait avec une vélocité fantastique, les roues tournaient avec fracas, la vapeur sifflait et
répandait dans l'espace ses tourbillons humides. Malgré
tous ces bruits formant une cacophonie assourdissante, les
négociants causaient affaires, la vieille dame et le respectable Clergyman discouraient sur les effets de la grâce et
la conversion des nègres du Congo, Hector rêvait et les
jeunes misses, leurs grands yeux bleus démesurément ouverts, écoutaient sans comprendre.

Quant au vieux voyageur, sans aucun égard pour la
respectable société, il avait tiré de sa poche un grand
couteau et une tablette de tabac, puis, se coupant une
chique de belles dimensions, il se l'introduisit dans la

bouche, et, s'accolant de nouveau dans son coin, parut s'endormir.

Hector enviait la tranquillité de ses compagnons de voyage.

— Ils sont heureux ! murmura-t-il, ils ne désirent rien ! C'est étonnant, je me sens le cœur bourrelé de sinistres pressentiments... Oh! que j'ai hâte d'être arrivé là-bas... plus hâte encore d'en être revenu !

Puis sa pensée se reporta sur Jane, et il sourit au fantôme gracieux qu'évoquait son imagination. Mais en même temps il avait peur, il se reprochait de ne pas l'avoir emmenée : Archibald Loyton n'était-il pas capable de tout? s'il allait se venger sur elle ?...

— Allons, murmura-t-il encore, je suis fou ! Aristide et Goliath veillent, et avant d'arriver jusqu'à elle, il faudrait leur passer sur le corps.

Le train roulait toujours. A Elmira on changeait de ligne. Le ministre et les dames suivaient une autre direction. Seuls Hector, les deux yankees et le vieux voyageur montèrent dans la même voiture.

Puis le train s'ébranla pour Harrisburg.

Les deux Yankees chiquaient, crachaient, causaient toujours ; le vieux voyageur continuait à dormir. Fatigué par cette conversation peu intéressante, Hector à son tour ferma les yeux et s'endormit en pensant à sa mère, à Jane, à Aristide et Goliath, ces vieux et fidèles amis.

Combien de temps dura ce sommeil ? Il n'eût pu le dire lui-même. Tout à coup une lourde main s'abattit sur son épaule et une voix rauque cria à son oreille :

— Souviens-toi d'Archibald Loyton !

Brusquement réveillé, Hector jeta autour de lui des regards effarés... Le wagon, éclairé par les rouges lueurs du pétrole était désert : seul le vieux voyageur, le poignard levé, le regardait d'un air satanique.

Hector voulut crier, saisir le cordon qui fait mouvoir la sonnette d'alarme; mais l'inconnu ne lui en laissa pas le temps : brusquement il leva le bras, et le poignard s'enfonça et disparut jusqu'à la garde dans la poitrine d'Hector.

— Jane... adieu! balbutia-t-il.

Et étendant les bras, il glissa de la banquette et s'affaissa lourdement sur le sol.

L'assassin le considéra quelques instants en silence.

— Mort! dit-il enfin, mort! Allons, je n'aurai pas volé ma part du trésor... Mais ce n'est pas tout; il faut que ce meurtre ne passe pas pour une vengeance; mais bien pour le fait d'un voleur...

Et fouillant les poches du cadavre, il s'empara du porte-feuille et des bijoux les plus apparents.

Puis, ouvrant la portière, au risque de se tuer, il enjamba la balustrade de la plate-forme qui court d'un wagon à l'autre, et bondit brusquement sur la voie.

— Le train filait toujours rapide comme une vision infernale.

. . . .

. . . .

La nécessité de ne point perdre de vue les principaux personnages de cette véridique histoire, nous oblige de retourner encore à l'hôtel du Faucon du Niagara.

Après avoir accompagné Hector jusqu'à la voiture, Aristide avait reconduit Jane à son appartement et pris congé d'elle.

— Voyons, se dit notre Parisien, puisqu'Hector m'a nommé garde du corps, m'a confié sa femme, je manquerais à mes principaux devoirs si je plantais ma tente à un

demi-mille d'elle. La nuit est belle, poussons jusqu'à l'hôtellerie où je suis descendu, payons le landlor et donnons
des ordres pour que nos malles soient dès demain trans-
portées à l'hôtel du Faucon.

Et il alla réveiller Goliath et Jasmin.

— Hâtons-nous surtout! recommanda Goliath : monsieur
Hector nous a bien recommandé de ne pas perdre madame
de vue ; c'est la consigne et il ne faut pas y manquer.

— Je vous admire, *my dear fellow!* fit Aristide en riant ;
mais il ne faut pas non plus prendre cette recommandation
à la lettre... Monsieur Hector, comme vous le dites, nous
a bien recommandé de veiller sur sa femme ; mais non
d'épier tous ses mouvements, de nous étendre, pendant son
sommeil, en travers de sa porte, un poignard d'une main,
un tromblon de l'autre.

Goliath sentit la sagesse de cette observation et ne répondit pas.

Restée seule, la jeune femme s'était assise auprès de la
fenêtre grande ouverte de sa chambre. De là la vue planait sur la cataracte et, semblables à des coulées d'étain
en fusion, elle voyait les chutes géantes, se précipiter
rauques, rugissantes, échevelées dans l'immense cuve
qu'elles s'étaient creusée. Le ciel était d'une sérénité
admirable ; la lune comme un bouclier de diamant sus-
pendu dans l'espace versait à flots sa lumière argentée
et la brise de nuit agitait avec un doux murmure les
grandes masses de feuillage qui croissaient au bord de
l'abîme.

Caché dans un buisson, le rossignol américain égrenait
dans l'ombre ses roulades mélodieuses.

C'était une belle nuit! Frileusement pelotonnée au fond
de son grand fauteuil, la jeune femme se laissait bercer
par cette harmonie céleste des voix de la nature.

C'était à peine si elle pensait, tant les charmes et le calme de cette belle nuit l'enveloppaient de leurs molles effluves.

Soudain la porte s'ouvrit, et Clara, la jeune mulâtresse, qui lui servait de femme de chambre, entra.

— Mistress, dit-elle, il y a là un gentleman qui demande à vous parler.

— A cette heure!...

— Il arrive de Buffalo et dit qu'il a des choses importantes à vous communiquer.

— De Buffalo!... Je suis à lui...

En même temps elle se leva et pénétra vivement dans le petit parloir où le visiteur inconnu attendait.

C'était un petit vieillard aux cheveux gris qu'il portait demi-longs à la manière des ministres protestants. Il était convenablement vêtu de noir et tenait dans sa main gantée une canne à pomme d'argent sans laquelle il paraissait ne pouvoir marcher.

— Mistress, dit-il en saluant respectueusement, pardonnez-moi de vous déranger à pareille heure... Mais... on a dû vous dire que je venais de Buffalo...

— Eh bien? demanda Jane qui se sentit terrassée par une angoisse sans nom.

— Eh bien, mistress... Dieu sait si je voudrais pouvoir atténuer le coup que je vais vous porter!... Monsieur Lassalle est dangereusement blessé, et il m'envoie près de vous...

— Blessé, dites-vous?... C'est impossible!... Il y a une heure à peine qu'il m'a quittée plein de force et de santé... Vous vous trompez... c'est impossible...

— C'est malheureusement trop exact! En entrant en gare sa voiture a versé, et il a fallu le transporter chez moi. Hâtez-vous : il vous attend, il vous appelle sans cesse...

Si invraisemblable que fût une pareille fable, Jane n'eut pas l'ombre d'un doute. La douleur est crédule. Un moment atterrée sous ce coup affreux, elle se redressa pleine de force et d'énergie : Hector l'attendait, l'appelait, elle ne pouvait hésiter...

D'ailleurs l'apparence du vieillard était si respectable qu'elle se serait fait un crime de le soupçonner.

— Clara, dit-elle d'une voix entrecoupée, vite un manteau, un chapeau et demandez une voiture.

— La mienne attend en bas, mistress.

Jane ne fit aucune observation, et, quand la femme de chambre lui eut attaché son chapeau, jeté une longue pelisse sur ses épaules, elle se déclara prête à suivre le petit vieillard. Celui-ci avait sans doute expliqué le motif qui l'amenait, car le portier ouvrit la porte sans objection. Une voiture attelée de deux vigoureux trotteurs attendait sur la route

— Montez, mistress, dit le petit vieillard qui ouvrit lui-même la portière.

Quelques minutes après la voiture roulait avec une rapidité vertigineuse sur la route étroite. On arriva bientôt à Buffalo dont les mille becs de gaz semblaient, dans la nuit, des mouches d'or suspendues dans l'espace, et la voiture, continuant sa course fantastique, traversa les rues et descendit sur les quais où les nombreux *élévateurs* se dressaient rigides et informes comme de noirs démons.

Puis elle s'enfonça dans la direction du lac.

— Mais où me conduisez-vous, Monsieur ? demanda Jane qui s'aperçut qu'on venait de quitter la ville.

— Ne vous ai-je pas dit qu'on l'avait transporté chez moi ?

— Arriverons-nous bientôt ?

— Dans un quart d'heure, mistress.

En effet, ce laps de temps ne s'était pas encore écoulé quand la voiture s'arrêta au pied de rochers bizarrement taillés et qui s'avançaient sur le lac comme un cap géant.

Le vieillard alors sauta lestement à terre et, tendant sa main à la jeune femme pour l'aider à descendre :

— Nous sommes rendus! dit-il.

XIII. — Sur le lac Erié.

Jane jeta autour d'elle un long regard.

Devant elle le lac s'étendait calme, immense comme une mer, argenté ici par les pâles réfractions de la lune, là glauque, assombri par l'ombre des rochers énormes et dentelés qui se dressaient de tous côtés.

Au pied du cap dont nous avons parlé plus haut, se balançait un petit sloop à la mâture basse et lourde, à la grande voile carrée s'agitant au souffle de la brise.

Deux hommes vêtus comme les mariniers du lac fumaient leurs pipes, nonchalamment étendus sur le dos. A l'approche du vieillard et de la jeune femme, ils se levèrent et hâlèrent sur l'amarre de la barque qui se rapprocha aussitôt du rivage.

— Montez! dirent-ils durement.

Jane alors comprit qu'elle était la victime d'un odieux complot.

Mais elle était Américaine, c'est-à-dire résolue et déterminée, et ce fut d'une voix ferme qu'elle reprocha au vieillard son infâme trahison.

— Pourquoi m'avez-vous conduite ici? fit-elle. Que voulez-vous de moi?

— L'heure n'est pas aux phrases, mistress! interrompit un des mariniers. Vous êtes en notre pouvoir, résignez-vous. D'ailleurs, à quoi bon résister! nous sommes à plus d'un mille de toute habitation : nul n'entendra vos cris...

— Mais c'est infâme! Que vous ai-je fait! Ah! n'espérez me contraindre... Avant de faire un pas de plus, je veux savoir qui vous êtes, quel but odieux vous poursuivez.....

— Qui nous sommes, ma belle enfant, fit le vieillard, c'est ce qui ne vous avancera guère, car vous ne nous connaissez pas. Mais ce que je puis vous dire en mon nom et en celui de ces honorables *gentlemens*, mes amis, c'est que si vous ne vous soumettez pas de bonne grâce, nous emploierons la violence.

— Osez-le donc, misérables! s'écria Jane indignée.

Et d'un mouvement rapide, elle démasqua un mignon revolver qu'en digne fille de Yankee elle portait toujours sur elle. Puis visant le vieillard, elle reprit :

— Vous êtes trois, j'ai cinq balles!... Osez donc, et je vous tue comme des chiens!...

Mais, plus prompt que l'éclair, un des bandits s'était déjà emparé du revolver.

— Mistress, reprit-il, écoutez-nous bien. Ce n'est pas, croyez-le, pour vos beaux yeux que nous vous avons enlevée; mais l'heure est terrible et il faut, entendez-vous, il faut que nous ayons une explication avec votre mari. Vous libre, il ne nous aurait jamais écoutés; vous en notre

pouvoir, il sera forcé de subir nos conditions, et il les
subira avec joie, car de sa condescendance seule dépendra
votre liberté. Soumettez-vous donc sans murmurer ; votre
détention ne sera pas de longue durée, et, je vous le promets ici, on aura pour vous tout le respect, tous les égards
qui vous sont dûs...

— Osez-vous bien parler de respect, d'égards, misérables ! Non, n'espérez pas que je faiblisse... Si je cède à la
force aujourd'hui, demain je crierai, je protesterai, et il
se trouvera bien n'importe où vous me conduirez un
homme de cœur pour me défendre, des policiers pour vous
arrêter...

— Alors votre mari mourra, mistress ! Vous êtes en
notre pouvoir maintenant ; dans quelques heures peut-
être son tour viendra. Ah ! vous me menacez, eh bien, à
mon tour, et, sachez-le, tout ce que j'ai promis, je l'ai
tenu ! Criez donc !... appelez..., vous êtes libre !... faites-
nous arrêter, nous y consentons !... Mais rappelez-vous que
s'il tombe un seul cheveux de notre tête, ce sera l'arrêt de
mort de votre mari...

— Oh ! c'est trop affreux ! murmura-t-elle en se tordant
les mains de désespoir. Quoi ! vous n'avez donc pas de
cœur ?... vous ne vous laisserez donc pas fléchir ?... Oh !
pitié, pitié pour lui ! Tuez-moi, mais qu'il vive !...

— Sa vie dépend de votre soumission, mistress.

— Mon Dieu ! comment toucher ces cœurs de rocher ?...

— Il faut en finir ! dit le vieillard brusquement.

Et prenant la main de Jane, sans qu'elle tentât autre
chose qu'une résistance passive, il l'entraîna vers l'embar-
cation. A leur tour ses complices prirent place ; l'amarre
fut larguée, les écoutes serrées, et le petit navire, coquettement penché sur la hanche de tribord, cingla rapidement
sur le lac silencieux.

L'un des mariniers avait pris la barre; son compagnon et le vieillard, retirés à l'avant, causaient à voix basse.

— Tout est prêt là-bas? demanda le vieillard.

— Tout! répondit le marinier. Miss Mary, Barbara et Salm sont arrivés hier à Clèveland, c'est moi qui les ai conduits.

— La maison?

— Elle est louée, une vieille bicoque du temps de la guerre anglo-canadienne, avec des murs à défier le canon, des volets et des barreaux de fer à toutes les fenêtres... La cage est solide, et si la colombe s'échappe, ce sera bien de notre faute.

— Ned a réussi à incendier les puits de pétrole puisque le français est parti ce soir; Joë s'est élancé sur ses talons; mais arrivera-t-il à son but?

— C'est ce que l'avenir nous dira. Mais qu'importe! nous voulions un otage précieux qui puisse répondre de la sincérité de ce maudit français, le forcer à subir nos plus dures conditions, et cet otage, nous l'avons! Que Thorps réussisse ou non, nous sommes maîtres de la situation; le trésor du Susquehanna est à nous!

Il est inutile d'apprendre à nos lecteurs qu'ils se trouvent encore en présence de ces trois sinistres gredins: William Clarke, Bob Thorps et Phineas Griffith.

Poussée par un bon vent d'est, la petite barque filait gaillardement, laissant derrière elle un long sillon tremblant où se jouaient les pâles clartés de la nuit. La lune prête à disparaître était maintenant rouge comme un globe enflammé, et ses immenses reflets éclairaient d'un jour satanique les baies profondes, les golfes, les criques que dominaient les caps, les falaises aux coupes bizarres et tourmentées.

Des phares nombreux miraient dans les flots leurs

lumières tremblantes ; ailleurs, comme des milliers de mouches aux ailes de feu, apparaissaient les becs de gaz des villes riveraines ; ces îles avec leurs forêts, leurs rocs contournés s'estompaient vigoureusement en noir dans la brume transparente dont s'enveloppait le lac.

La barque passa devant Dunkirk, Erié que l'on devinait au fond de sa baie profonde, théâtre au siècle dernier de luttes terribles entre les Français, les Anglais et les Indiens. C'était autrefois une place forte que se disputèrent longtemps les peuples rivaux ; aujourd'hui Erié se contente d'exploiter ses magnifiques mines de charbon bitumineux, source de prospérité plus durable que la gloire et surtout plus solide.

Les heures se traînaient lentement. Tandis que William et Phineas causaient à l'avant du canot, Jane, assise à l'arrière, demeurait plongée dans une sorte de prostration idiote. Tout cela, pensait-elle, n'était qu'un rêve, un cauchemar affreux, et elle attendait le jour pour se réveiller.

Le jour parut bientôt. Aux pâles et indécises clartés de l'aube succéda une lueur intense, éblouissante qui empourpra soudainement la surface du lac semée d'îles, d'îlots admirables de fraîcheur et de fertilité. La nature se réveillait enfin ; les cloches des usines tintaient gaiement, appelant les travailleurs à l'ouvrage ; les *steamboats*, les *ferryboats*, comme des monstres brusquement tirés d'un sommeil léthargique, lançaient au ciel de noirs tourbillons de fumée, des sifflements stridents ; les barques hissaient leurs voiles blanches que la brise agitait et tordait dans son souffle capricieux...

Puis, chassés par la brise, pompés par les éclatants rayons du soleil, les brouillards disparurent bientôt et découvrirent dans toute sa beauté ce décor sublime.

William alors se rapprocha de Jane.

— Voici le jour, et bientôt nous aborderons à Clèveland,
dit-il. Vous serez libre alors de crier, de protester. Cependant, n'oubliez pas que d'un mot, d'un geste imprudent
dépend la vie de votre mari.

Jane ne répondit pas.

— J'ai votre parole ? continua le bandit.

— Vous êtes les maîtres, fit-elle, j'obéirai... Mais à votre
tour, n'oubliez pas non plus que, si isolée, si abandonnée
que je paraisse, un protecteur puissant, Dieu, veille sur
moi et saura m'arracher de vos mains.

William Clarke haussa les épaules et s'en fut rejoindre
ses compagnons. Silencieux comme Caron, le farouche
nautonier du Styx, Bob Thorps dirigeait la marche du
petit navire. Le frère du pilleur d'épaves n'en était pas à
son coup d'essai, sa coupable industrie exigeant qu'il sut
monter et au besoin diriger un navire.

Jane, elle, priait ardemment le ciel de la protéger, de
l'arracher des griffes de ces bandits. Chaque fois que
passait près de la barque un vapeur rapide, une goélette,
un brick penché sous sa blanche voilure, il lui prenait des
envies folles de crier, d'appeler à l'aide. Mais la sinistre
recommandation des gredins lui revenait à la mémoire, et
elle refoulait ses larmes et ses sanglots, et elle retombait
morne et découragée au fond de la barque.

Enfin parut Clèveland dont les blanches maisonnettes,
les hôtels, les monuments somptueux s'étagent sur les
flancs de deux collines séparées par une charmante rivière,
la Cuyahaga, dont les eaux pures et cristallines, avant de
se jeter dans le lac, font tourner les roues des innombrables
moulins destinés à l'épuration du pétrole, la principale
richesse du pays.

Clèveland, comme toutes les cités du lac dont elle est la
reine, a sa page glorieuse dans le livre d'or de la nation

américaine, car elle a noblement combattu pour l'indépendance. Séparée nettement par la rivière que traversent de
nombreux ponts, elle dresse sur les flancs de ses collines
ses grandes constructions que voile parfois l'exubérante et
riche végétation de ses squares et de ses parcs. Vue du lac,
la ville semble un énorme bouquet de verdure d'où surgissent, splendidement éclairés par un soleil radieux, les
clochers aériens d'églises appartenant à toutes les sectes,
les coupoles, les dômes, les flèches des monuments publics,
les cheminées toujours panachées de fumée des usines et
des manufactures.

La population de Clèveland se compose d'Allemands
très-nombreux, de Yankees naturellement, enfin de Français et de quelques Anglais.

La barque accosta bientôt le quai où les noirs navires
qui chargent le pétrole étaient rangés à la file les uns des
autres. Phinéas seul en descendit, et, prenant le bras de
Jane :

— Je ne suis pas bien redoutable, dit-il avec un sourire
cynique ; mais pour me protéger, j'ai votre promesse,
mistress... D'ailleurs, on vous l'a dit, vous n'avez rien à
craindre ; vous serez traitée avec le plus grand respect
tant que votre conduite ne donnera pas lieu à représailles...

Ils s'engagèrent bientôt dans la grande rue, sillonnée de
tramways, d'équipages élégants, bordée de maisons à
l'architecture un peu froide ; mais pleine de grandeur.

La maison choisie par William Clarke était, comme il
l'avait dit, un spécimen de ces demeures basses et forti-
fiées comme on les construisait à l'époque des troubles
suscités par la guerre de l'Indépendance. On ne pouvait
rêver un plus triste séjour. La façade, où s'ouvrait une
porte basse et cintrée, semblait aveugle tant ses rares

fenêtres déployaient un luxe formidable de grilles et de
barreaux ; le crépissage écaillé par le temps découvrait les
pierres noires et rongées par l'humidité ; le toit d'ardoises
était couvert de mousse et de plantes parasites qui for-
maient comme une couronne tremblante au faîte des
hautes cheminées.

Au milieu de cette ville riche et puissante, auprès de
ces hôtels dont les frontons, les colonnades, les campaniles
se détachaient légers et gracieux sur le ciel bleu, la vieille
maison, retirée à l'écart comme un lépreux ou un mendiant,
formait un contraste saisissant.

Phineas frappa ; le vieux nègre vint ouvrir.

— Miss Mary est-elle là ? demanda le vieillard

— La jeune maîtresse aide Barbara à tout ranger.

— C'est bien ! Entrez, Mistress, continua Phineas
Griffith ; vous êtes ici chez vous.

XIV. — Le Docteur Himman.

Jane ne releva pas l'ironie renfermée dans ces dernières
paroles. Docilement elle suivit le vieillard qui la fit gravir
un large escalier aux marches de chêne, à la rampe de
fer ouvragé. Puis il ouvrit une porte et s'effaçant sur le
seuil.

— Voilà votre appartement, Mistress, dit-il. Vous le
voyez, il est séparé du reste de la maison et, au besoin,
en poussant ces verrous, vous pourriez vous isoler chez
vous, où d'ailleurs personne ne pénétrera sans votre per-
mission...

Jane jeta autour d'elle un regard investigateur. La chambre, grande, basse, était meublée dans le goût antique d'un énorme lit à colonnes torses supportant un lourd baldaquin, d'un bahut sculpté, d'une table massive, de chaises et de fauteuils également sculptés; les fenêtres où pendaient des rideaux de serge étaient étroitement grillées, la porte avait des verrous formidables.

Elle était bien prisonnière...

Accablée par tant d'émotions terribles, assaillie de soupçons atroces, brisée de lassitude, la jeune femme se laissa tomber dans un fauteuil et, prenant sa tête à deux mains, pleura amèrement.

Elle était seule, sans appui, livrée à des bandits qui ne reculeraient pas devant un crime si ce crime servait leurs intérêts; elle était sans nouvelles de son mari que menaçait le poignard des assassins, de son père, qui, à cette heure sans doute, la croyait perdue à jamais : c'était trop horrible !...

— Mon Dieu, murmura-t-elle, vous n'aurez donc pas pitié de moi? Quel crime ai-je donc commis pour que vous me frappiez si cruellement?... Oh! si j'ai mérité votre colère, frappez-moi, mais épargnez-le...

En ce moment elle sentit une petite main écarter doucement ses deux mains; elle baissa les yeux alors et vit, agenouillée à ses pieds, une jeune fille qui lui souriait tendrement.

— Je ne puis donc rien pour vous? fit-elle d'une voix douce.

Le premier mouvement de Jane fut de saisir cette main que lui tendait la jeune fille et de la presser avec joie. Mais la réflexion vint et elle repoussa brusquement Mary toujours agenouillée à ses pieds.

— Non, dit-elle, votre pitié m'avilirait, car c'est une ruse infâme... Levez-vous : on ne s'agenouille pas devant une victime! Levez-vous ; et allez rapporter à ceux qui vous ont envoyée que si vous m'avez vu pleurer, vous m'avez aussi trouvée résolue, prête à accepter la lutte...

— Mistress! fit la jeune fille en joignant les mains.

— Qui vous retient? continua Jane cruelle dans sa douleur. Vous avez vu ce que vous vouliez voir... Sans doute vos complices attendent vos révélations : ils veulent savoir si la victime est assez humiliée, assez abattue... Allez donc vers eux, ne leur ravissez pas ce sublime bonheur...

— Mistress! s'écria Mary impétueusement, vous ne croyez pas vous-même ces cruelles paroles que vous dicte la douleur... Regardez-moi en face et voyez si je veux vous tromper, jouir de votre humiliation?... Dès que je vous ai vue, je me suis sentie attirée vers vous par une sympathie irrésistible, et s'il ne dépendait que de moi, vous seriez libre à l'instant... Oh! ne m'accablez pas! moi aussi, je subis le joug de ces infâmes... moi aussi, je suis obligée de courber la tête, de dévorer affront sur affront, humiliation sur humiliation... Hélas! un de ces malheureux, plus égaré que coupable, est mon père!... Peut-on dénoncer son père?... dites, le peut-on?... Vous voyez bien que je suis mille fois plus à plaindre que vous...

Jane considéra avec plus d'attention celle qui lui parlait ainsi. Mary était belle d'une beauté sympathique. Elle avait les cheveux d'un blond fauve et, par un contraste étrange, ses yeux brillants d'audace et de résolution étaient noirs comme le jais. En ce moment surtout, où, pâle de honte, de colère peut-être, la voix vibrante, le geste brusque et saccadé, elle se tenait devant la jeune femme, son étrange beauté défiait toute description.

— Voulez-vous une preuve de ma sincérité? continua-t-elle. Tenez, prenez ce revolver et, si les bandits vous menacent, ne craignez pas d'en faire usage...

— Un pas lourd fit crier les marches de l'escalier. Mary écouta.

— Voilà Barbara, l'âme damnée de mon père, dit-elle rapidement. Plus un mot ! Ma chambre est au-dessus de la vôtre ; si jamais un danger vous menace, frappez, je serai toujours prête à vous défendre... Adieu.

Quand Jane à demi-convaincue se détourna pour lui répondre, la jeune fille avait disparu.

En choisissant Clèveland, les bandits avaient fait preuve d'intelligence. Personne d'abord ne les connaissait dans cette ville, ce qui assurait leur sécurité, et, en supposant qu'une complication imprévue, un danger viennent déranger leurs plans, ils n'avaient qu'à traverser le lac plus long que large pour se trouver en sûreté sur le territoire britannique.

En effet, Sandwich, Victoria, villes anglaises, s'élèvent de l'autre côté de l'Erié comme un refuge assuré à ceux qui redoutent comme malsain le séjour des villes de l'Union.

En quittant la petite maison de la Grand-Rue après une explication orageuse avec Mary, Phineas était redescendu au quai où l'attendaient ses complices.

— Eh bien? lui demanda William pendant que Bob orientait les voiles pour retourner à Buffalo.

— L'oiseau est en cage...

— Je suppose que miss Mary n'aura fait aucune difficulté pour remplir le rôle que vous lui destiniez...

— Au contraire. La tête de buse! elle a commencé par protester, par refuser et il a fallu, non pour obtenir sa coopération, mais son silence, que je lui fasse toucher la plaie du doigt, que je lui montre en quelque sorte la cravate de chanvre s'enroulant autour de mon cou.

— Et qu'a t-elle répondu ?

— Qu'il ne fallait rien moins que cette considération pour acheter son silence. Mais qu'importe ! Salm et Barbara sont là !... Je leur ai promis mille dollars s'ils veillaient attentivement sur la prisonnière, s'ils empêchaient qu'elle ne communique avec qui que ce soit, et pour une pareille somme ils vendraient leur âme.

— Tout va bien ! Fasse l'enfer que Joëe ait réussi et le trésor est à nous ! . . . .

. . . .

Le train entrait en gare d'Harrisburg.

Bâti sur la rive droite du Susquehanna ce fleuve puissant qui, gonflé de ses nombreux affluents, dont le plus poétique sinon le plus important est la rivière Juanita, se décharge dans l'immense baie de Chesapéake, Harrisburg est un des grands centres manufacturiers de l'Union, la capitale de l'État de Pensylvanie.

La ville est essentiellement américaine, c'est-à-dire qu'elle est magistralement bâtie, que ses rues, ses larges avenues toutes tracées au cordeau se coupent à angle droit, sont bordées d'édifices plus semblables à des palais qu'à des maisons bourgeoises ; qu'on y trouve des places décorées de statues, de fontaines monumentales, des squares, des jardins vrais nids de verdure où les élégantes exhibent les modes de Paris, où les *boys* se roulent sur le sable, lancent sur le cristal liquide des bassins leurs vaisseaux en miniature, tandis que les bobonnes *flirtent* avec les militaires tout comme ailleurs.

Au milieu de la ville se dresse un mamelon, Bran-Hill, d'où la vue embrasse un panorama immense et où les Américains, grands amateurs de la nature quoi qu'on en dise, ont construit leur *Capitole*. Nul site ne pouvait être mieux choisi, et cette masse imposante, se profilant avec tous ses détails sur l'écran lumineux du ciel, tandis qu'à ses pieds Harrisburg comme une ruche merveilleuse s'agite et bourdonne, personnifie admirablement le génie Yankee.

Mais avant tout Harrisburg est un centre industriel. Aussi quelle animation dans ses larges avenues sillonnées sans cesse par les tramways, les voitures de toutes sortes, depuis le vulgaire camion transportant les marchandises jusqu'à l'élégant équipage du millionnaire de la veille, éclaboussant sans pitié le millionnaire du lendemain!... *Times is money!...* les commis s'agitent fiévreusement derrière leurs comptoirs, le négociant compulse ses livres avec une activité fébrile, la foule se presse grouillante, affairée à l'entrée des Bourses, aux abords des églises pittoresques semées un peu partout : ce n'est pas dimanche, vivent donc les affaires!....

Ne pas perdre une seconde est l'essence de l'esprit américain.

Quelle mine de réflexions fécondes! Quel sujet d'orgueil légitime pour le législateur perché au sommet de Bran-Hill, dans les murs somptueux du Capitole, que la vue de cette fourmilière humaine qui s'agite, grouille, se démène à ses pieds! Que de fortunes s'édifient ou s'écroulent en un seul jour!

Le train entrait en gare, disions-nous. Tumultueux, étreints par cette fièvre de spéculation qui semblait flotter dans l'air, les voyageurs se hâtaient de descendre sur le quai, pendant que la machine, comme un cheval fourbu, exhalait son dernier souffle. Les contrôleurs se faisaient délivrer les tikets et jetaient un dernier regard dans les wagons pour réveiller les endormis s'il s'en trouvait et refermer les portières.

La foule s'écoulait déjà quand un des hommes d'équipe poussa un cri de surprise, de terreur même.

Étendu sur le dos au milieu d'une mare de sang noir et coagulé déjà, était un cadavre !...

Au cri de l'employé, la foule dans l'attente d'un grand événement s'était ruée vers le wagon, et ce ne fut qu'à grand'peine que le chef de gare, un constable et quelques policemens parvinrent à l'écarter.

— Cet homme est mort! dit le chef de gare. Nous n'avons qu'à laisser agir la police.

— Non, fit un vieux gentleman à cheveux blancs qui s'était agenouillé près du corps étendu et avait appuyé son oreille contre sa poitrine; le cœur bat, faiblement à la vérité, mais il bat.

— Alors aussitôt les constatations légales, nous le ferons transporter à l'hospice.

— Faites mieux, reprit le vieux gentleman qui n'était autre que le célèbre docteur Jacob Himman, accordez-moi l'autorisation de le faire transporter chez moi. Rarement praticien trouve aussi belle occasion d'exercer sa science ! S'il en réchappe, la cure me fera honneur; s'il meurt, sa mort sera encore utile à la médecine.

Et, toujours agenouillé, il posa rapidement un premier appareil sur la blessure de l'inconnu.

Pendant que le constable dressait un procès-verbal sommaire, les policiers fouillaient les poches du blessé dans l'espérance d'y découvrir des titres, des papiers pouvant établir son identité. Mais cet espoir fut déçu : sauf un porte-monnaie contenant une vingtaine de guinées, ils ne trouvèrent rien.

En emportant le portefeuille de sa victime, l'assassin avait en même temps emporté ses papiers.

Cependant le docteur avait fait avancer une voiture

dans laquelle on étendit un matelas et quelques oreillers. Le blessé toujours inanimé y fut déposé avec mille précautions et le docteur, recommandant au cocher d'aller au pas, et surtout d'éviter tout heurt et tout cahot, se plaça à ses côtés.

Le docteur habitait dans Washington-Street un confortable hôtel, qui, par sa singularité, faisait l'admiration des touristes. Qu'on se figure en effet une maison dont le rez-de-chaussée avec son grand vestibule, son fronton, ses pilastres appartenait au style grec le plus pur, tandis que les deux autres étages se paraient de tous les ornements, de toutes les fantaisies de ce genre qu'on est convenu d'appeler rococo et se terminaient en terrasse chargée de plantes et d'arbustes...

Plus bizarre encore était l'esprit du docteur. Riche, considéré de tous, marié à une femme charmante qui l'avait rendu père de trois enfants, le docteur vivait chez lui comme un étranger, ne se reconnaissait, à son dire du moins, ni parents ni amis. La science seule le fascinait, et c'est une maîtresse tyrannique, exigeante que la science! Malgré tous ces travers, le docteur était un excellent homme, et on l'avait vu refuser de quitter le chevet d'un pauvre diable sans sou ni maille, qu'il soignait depuis longtemps avec un dévouement évangélique, bien qu'il fût attendu chez un de ses plus riches clients.

— Le riche trouvera des médecins tant qu'il en voudra, avait-il répondu au domestique qui était venu le relancer jusque dans cette pauvre demeure; tandis que ce malheureux, si je le quitte, crèvera comme un chien sans que personne vienne à son secours.

Tel était l'homme qui s'était chargé d'Hector.

XV. — Pittrole Lake (1).

On peut se figurer l'inquiétude, le désespoir d'Aristide
et de Goliath quand, le lendemain de ce jour mémorable,
Clara la mulâtresse qu'ils prièrent de les annoncer chez
Jane, leur apprit la disparition de la jeune femme.

Ils se précipitèrent tous deux consternés, atterrés ; ils
comprenaient que cette disparition cachait un mystère
terrible, que si Hector avait réellement été victime d'un
accident, plutôt que d'affliger sa femme, il se serait d'abord
adressé à eux...

— Un crime a été commis! dit Goliath qui se tordait les
mains de rage. Que va-t-il dire, lui qui nous l'avait confiée,
quand il saura avec quelle scrupuleuse exactitude nous
avons tenu notre promesse? Oh! jamais je n'oserai sou-
tenir sa présence, l'entendre nous dire : « Qu'avez-vous
fait de celle que je vous avais confiée? »... Non, il vaut
mieux mourir!...

Et, dans le paroxysme de sa douleur, le malheureux
prit un poignard et voulut se l'enfoncer dans la poitrine.
Mais plus prompt que lui, Aristide s'empara de l'arme
homicide.

— Goliath, dit-il sévèrement, rentrez en vous-même,
n'imitez pas celui qui par lâcheté déserte la lutte quand il
la croit perdue! Que savons-nous, au fait? Rien! Qui
prouve qu'un malheur ne soit pas arrivé, qu'Hector ne
soit pas réellement blessé? Mais s'il en est autrement, si

(1) Le lac de Pétrole.

les bandits ont un nouveau crime à leur actif, ne nous laissons pas abattre ; poursuivons-les jusque dans leurs repaires infâmes et, avec l'aide de Dieu, nous réussirons encore à les démasquer...

Ils descendirent à Buffalo, interrogèrent les employés de la gare, fouillèrent les cafés environnants. Les renseignements touchant Hector furent on ne peut plus satisfaisants : dans le bar-room où le jeune français s'était arrêté, on leur affirma qu'on l'avait vu monter en wagon ; d'accident arrivé à la gare, personne n'en avait entendu parler.

Donc Jane avait été la dupe d'un mensonge odieux, on s'était servi de la tendresse qu'elle portait à son mari pour l'attirer dans un piége. Mais où et dans quel but ? C'est ce que Goliath et Aristide ne purent savoir malgré toute leur activité. Ce fut en vain qu'ils fouillèrent la ville, qu'ils interrogèrent les cochers, les loueurs de voitures, les capitaines des steamboats, rien ! la trace de la jeune femme était bien perdue...

Comment faire luire la lumière dans ce chaos ?

— Écoutez, dit tout à coup Aristide, rien n'est désespéré si nous savons agir promptement. Il est évident qu'Archibald Loyton et ses complices ne se sont emparé de Jane que pour avoir entre leurs mains un otage qui réponde d'eux en cas d'insuccès de la campagne qu'ils méditent. Cette campagne, soyez en sûr, ne vise autre chose que le trésor caché sur les rives du Susquehanna. Il faut les devancer, il faut qu'un de nous prévienne Hector ; grâce au ciel nous savons où il est...

— Faites-le donc, Monsieur ; car pour moi, je n'oserai jamais me présenter devant lui.

— Soit, j'irai. Mais vous, pendant ce temps, que ferez-vous ?

— Je prendrai la ligne de Boston et j'irai prévenir M° Lassalle et le colonel Mac Dowel. Puis quand les bandits seront assurés de mon départ, sous un déguisement quelconque, je fouillerai les environs de Buffalo, la ville même ; je périrai à la tâche ou je découvrirai le repaire de ces infâmes...

Aristide, ému de la douleur sincère du brave garçon, lui tendit sa main qu'il pressa faiblement.

— Confiance ! continua Aristide. Celui qui voit tout, le Maître-Puissant prendra notre cause en main.

— Il le faut, Monsieur, il le faut ou, sans cela, je n'ai plus qu'à mourir !...

— Mais avant tout il faut convenir d'un centre d'opérations, trouver une maison où nous puissions nous adresser nos correspondances, nous prévenir en cas de besoin.

— Rien n'est plus simple ! vous avez là votre domestique ; installons-le à Buffalo, laissons-lui l'itinéraire que nous devons suivre, et par son intermédiaire il nous sera facile de correspondre.

— L'idée est excellente. Malheureusement Jasmin est d'une bêtise plus qu'idéale et ne comprend pas un mot d'anglais.

— Tant mieux, nous correspondrons en français. D'ailleurs il est inutile qu'il comprenne, et son ignorance de l'affaire l'empêchera de nous trahir.

Une heure après maître Joseph Servan, autrement dit Jasmin, était installé dans une petite maison avoisinant le quai. Aristide et Goliath lui laissèrent leurs instructions par écrit, et, après l'avoir menacé de lui couper la tête et de le faire cuire ensuite à petit feu s'il parlait, s'acheminèrent vers la gare.

Aristide fut le premier qui s'embarqua. Il serra de nouveau la main que lui tendait Goliath, lui recommanda mille fois de l'informer à Pittrolo Lako des moindres incidents qui pourraient survenir et promit d'en faire autant de son côté.

La vapeur siffla, le train s'ébranla et prenant un essor plus rapide disparut aux yeux de Goliath resté sur le quai.

Parti à quatre heures du soir de Buffalo, Aristide arriva le lendemain dans la matinée à Harrisburg. Ne s'inquiétant aucunement d'Hector, qu'il croyait retrouver à Pittrolo Lake, il déjeuna sommairement dans le premier bar-room venu et chargea le landlor de lui procurer une voiture et deux bons chevaux.

Pittrolo Lake, l'établissement d'Hector Lassalle, était situé dans les montagnes à douze lieues environ d'Harrisburg.

Quelques dix ans auparavant ce site était solitaire et abandonné. C'était à peine si de temps à autre d'intrépides chasseurs gravissaient péniblement les déclivités des monts, car si le gibier abondait dans la vallée, il n'existait en échange ni hôtellerie, ni maisons d'aucune sorte à plusieurs milles à la ronde.

La découverte du pétrole avait échangé tout cela. D'abord, sous la direction intelligente d'Ichabod Creikfoorth, des puits avaient été forés, des hangars, où mugissaient les machines à vapeur destinées à pomper l'huile minérale, élevés ; on avait mis à profit, pour faire mouvoir les roues des moulins, les eaux rapides d'une petite rivière qui tombaient perpendiculairement, en cascades rageuses, du haut des rochers à pic avant de traverser la vallée ; enfin, la maison du gérant, un petit chalet suisse au toit de *shingles*, aux balcons découpés, les demeures des ouvriers, la petite église au clocher de bois, le presbytère,

l'école, les boutiques, les marchands faisaient de Pittrolo
Lake une ville véritable.

Le gérant, Richard Barckus, un homme de quarante-
cinq ans environ, grand, robuste, barbu comme un beau
diable, dirigeait admirablement l'exploitation, et, par sa
fermeté, la droiture incontestée qu'il apportait dans ses
moindres actions, s'était fait adorer des rudes ouvriers.
L'oncle Ichabod avait en lui une confiance illimitée, confiance bien placée d'ailleurs. Richard Barckus avait épousé
la fille aînée du Révérend Samuel Wood, le ministre de
Pittrolo Lake, de sorte que si l'un administrait le temporel,
l'autre dirigeait le spirituel de ce petit coin de terre. Les
contestations, les haines de famille à famille, qui ailleurs
dégénèrent si souvent en rixes, en querelles ou vont piteu-
sement échouer devant les tribunaux, étaient pour ainsi
dire inconnues au village, où grâce à l'esprit de charité et
surtout d'impartialité du révérend et de son gendre, jamais
ni avocats ni procureurs n'avaient pu s'établir.

Quand Aristide arriva au village, il faisait nuit déjà.

L'aspect de Pittrolo Lake était navrant! Presque toutes
les gracieuses maisonnettes aux grands toits de bois, aux
murailles de sapin découpé comme celles des chalets
suisses avaient été jetées à bas; les hommes, les femmes,
courbés sous de pesants fardeaux couraient comme des
ombres dans la nuit qu'éclairaient de hautes colonnes de
fumée qui semblaient jaillir au sol; le tocsin sonnait...

Sous ces lueurs ardentes que traversaient les couleurs
les plus riches, depuis celles de l'or en fusion jusqu'aux
teintes plus sombres des rubis et des saphirs, les rochers
surplombants, les cimes des monts, les maisons revêtaient
des formes sataniques, la petite rivière, réfléchissant
l'embrasement général, semblait rouler des torrents de feu
entre ses rives paisibles.

Aristide descendit de voiture et marcha résolûment vers la maison du gérant.

Il le trouva sur le seuil en compagnie du ministre, donnant des ordres aux ouvriers.

Aristide connaissait Barckus qu'il avait vu lors du réglement de la succession Croikfoorth; il était même venu à Pittrole Lake en compagnie d'Hector; aussi le gérant le reconnut tout de suite.

— Monsieur Bonneau! dit-il en s'avançant au devant du parisien. Allons, puisque M. Lassalle ne pouvait venir lui-même, il ne pouvait mieux faire que de vous envoyer à sa place.

Ce fut un coup de massue pour Aristide.

— Hector!... balbutia-t-il, il n'est donc pas venu ?

— Depuis hier une de nos voitures attend en gare d'Harrisburg, mais en vain.

— C'est impossible!... Voyons... au reçu de votre d'pêche, avant-hier, il a quitté Buffalo pour se rendre ici...

— Nous ne l'avons pas vu, déclara Barckus qui lui aussi comm nçait à se sentir inquiet.

— Rentrons, fit brusquement Aristide, et expliquons-nous.

Et, sans cérémonie, il passa devant Barckus et le Révérend qui s'écartèrent pour lui livrer passage, et pénétra dans le parloir où mistress Barckus, une jolie brune de vingt-huit ans, aidée de sa servante et de ses deux fillettes, faisait des paquets de ses objets les plus précieux.

— Expliquons-nous ! reprit-il.

Hélas! l'explication ne fut ni longue ni difficile. Barckus et le Révérend confirmèrent leur dire : depuis la veille ils attendaient Hector qui, de Buffalo, leur avait télégraphié

8

son arrivée; en voyant Aristide, ils avaient pensé que, retenu par une cause quelconque, il s'était fait suppléer par lui.

— Mais rien de tout cela n'est exact! s'écria Aristide bouleversé. Il est parti, j'en ai la certitude, et devrait être ici. Mon Dieu! serait-ce encore un nouveau malheur?...

— Confiance en Dieu! dit alors le Révérend de sa voix grave. Nous sommes trop prompts à nous alarmer; un jour de retard n'est rien. Qui sait si monsieur Lassalle ne s'est pas arrêté à Harrisburg pour organiser le secours? Qui sait si nous ne le verrons pas demain, aujourd'hui, dans une heure peut-être?

— Vous avez raison, mon Révérend, dit Aristide. Attendons donc jusqu'à demain, et alors, s'il n'est pas arrivé, si aucune nouvelle ne nous parvient, nous aviserons.

Déjà mistress Barckus avait dressé la table autour de laquelle prirent place Aristide, Barckus, le Révérend, sa femme et leur fille cadette. On fit largement honneur au repas, car les Américains ont cela de bon qu'ils ne se laissent démonter par aucune préoccupation. A chaque minute arrivaient des hommes au visage noirci de fumée, ils venaient apporter des nouvelles ou demander des ordres. Barckus les leur donnait de cette voix brève, impérative que confère l'habitude du commandement ou sortait avec eux pour examiner les nouveaux ravages du sinistre.

— Voilà quelle est notre vie depuis quatre jours, dit le Révérend. Ce coin de terre si paisible, si retiré, semble frappé de la colère divine! Depuis le commencement du sinistre, Richard, pas plus que moi, n'a pris une minute de repos! Il faut s'attendre à tout...

— Hélas! répondit mistress Wood.

— Mais, interrompit Aristide, sait-on la cause de ce terrible accident ?

— La cause ? dit Barckus qui rentrait en ce moment, la malveillance ! Il y a cinq jours un jeune homme, un solide gaillard, est venu nous demander de l'ouvrage. Cordialement accueilli, car les bras nous manquaient un peu, il travailla courageusement toute la journée et fut bientôt au courant de l'exploitation. Le soir, il se retira dans la maison de la vieille Kate Meeke où il déclara vouloir loger, et, dans la même nuit les deux plus beaux puits de pétrole flambaient comme des bols de punch... Sans s'inquiéter du nouveau-venu, on organisa rapidement les premiers secours ; au jour seulement on s'aperçut qu'il avait disparu.

— Mais cet homme avait donc intérêt à commettre ce crime ?

— Sans doute ; un intérêt purement mercantile, une rivalité de commerce !... Dans notre pays, Monsieur, les extrêmes se touchent ; on commet de sang froid les plus grandes atrocités comme on se laisse naturellement aller aux actions les plus généreuses, aux dévouements les plus sublimes. Or, pour cette infamie, il ne fallait que de l'audace, qualité qui fait rarement défaut au Yankees. Ici, Monsieur, nous vivions sur un volcan ; les ouvriers soumis à un régime sévère, ne pouvaient ni boire, ni fumer ; quoiqu'il nous eut été facile d'établir un railway, nous avons dû y renoncer à cause du danger ; les maisons, comme vous avez pu le voir, bien que séparées des puits par la rivière, sont isolées les unes des autres et construites de façon à pouvoir se démonter instantanément... Eh bien ! rien n'y a fait, et la catastrophe que notre prudence avait toujours su éviter, a eu lieu grâce à la malveillance.

— Mais quels moyens employez-vous pour combattre le fléau ?

— Ceux que nous suggère la situation. Nous sommes seuls ici, Monsieur, livrés à nous-mêmes : à quelques milles au sud, au nord, on ignore que nous dansons sur un volcan. Jeter de l'eau sur le pétrole ne servirait à rien, le liquide enflammé surnagerait toujours ; un autre moyen se présente : boucher l'orifice des puits et laisser le feu s'étouffer de lui-même ; mais, en le faisant sans ménagement, on risque l'explosion. Nous sommes donc réduits à essayer de combler les puits avec du sable que l'on nous apporte sans cesse, à détourner, si faire se peut, la source souterraine.

— Et pour le reste, Dieu est là ! ajouta le Révérend d'une voix grave.

La soirée s'écoula lentement. Assis autour de la table ronde où fumait la théière, on essayait de causer de choses indifférentes ; mais toujours les terribles préoccupations du moment reprenaient le dessus. Mistress Barckus avait fait préparer un lit pour Aristide ; le jeune homme refusa, préférant partager les travaux, les fatigues du gérant et du ministre.

Il avait confiance, mais la journée du lendemain s'écoula encore et Hector ne reparut pas...

XVI. — Fièvre et Délire.

Nous avons laissé notre héros en compagnie du docteur Himman, devant la petite maison de Washington-Street.

Arrivé là, le cocher descendit et offrit ses services pour

transporter le blessé. Mais Himman ne l'entendait pas
ainsi.

— Non, dit-il, vous me le *gâteriez !*

Et avec une force qu'on n'eut pas soupçonnée chez un
vieillard, l'excentrique docteur enleva dans ses bras malade
et matelas, et gravit d'un pas pressé le large escalier, suivi
à peu de distance par le cocher stupéfait. Ce fut dans sa
chambre même, sur son propre lit qu'il déposa Hector toujours privé de sentiment.

— Rien de plus pour votre service, M. Himman? dit
alors le cocher.

— Rien. Appelez Herber qu'il vous paye, et filez.

Herber Tompson était élève du docteur pour lequel il
professait une admiration sans borne, et c'était justice.

Fils de pauvres ouvriers, resté orphelin à douze ans, le
docteur l'avait recueilli, fait instruire, et, comme dernier
bienfait, lui destinait sa clientèle ; car son fils Gérald, un
brillant officier d'artillerie, s'entendait bien mieux à l'art
de tuer qu'à celui de guérir.

Il accourut au premier appel.

— Regardez ma trouvaille, Herber ! fit le docteur en
prenant une prise, et dites-moi si je n'ai pas eu la main
heureuse...

— Mais cet homme est mort !

— Il devrait l'être, car il en a reçu plus que son compte !
Enfin nous allons le déshabiller et soigneusement examiner
sa blessure. Fermez la porte, Herber, que les femmes
n'entrent pas...

Tout en parlant, aidé d'Herber, le docteur, fendant les
vêtements, avait rapidement mis à nu l'horrible blessure.
Il fronça alors le sourcil et frappa du pied d'un air con-
trarié : la plaie apparaissait large, béante et déjà toute
bleue ; le sang ne coulait plus.

— Joli ouvrage! grommela-t-il entre ses dents. S'il en
réchappe il aura de la chance!

Et, prenant une sonde d'argent que lui tendait Herber,
il l'introduisit délicatement entre les lèvres de la plaie.

Le malade fit entendre un léger gémissement.

Le docteur respira.

— Allons, murmura-t-il, le mal n'est pas aussi grand
que je le croyais. La plaie est large, mais peu profonde et
aucun organe essentiel ne me paraît lésé...

— Vous pensez le sauver, maître?

— Je l'essayerai du moins et, avec l'aide de Dieu, peut-
être réussirai-je. Cet homme est admirablement bâti, plein
de vie, de force, il peut réagir contre le mal ; sans la
fièvre de suppuration qui va se déclarer bientôt, je répon-
drais de lui... Attendons donc! Herber, donnez des ordres
pour qu'on me dresse un lit à côté dans le cabinet anato-
mique; je ne veux pas le quitter d'une minute.

Herber se hâta de faire exécuter les ordres du docteur,
et bientôt Hector déshabillé, pansé à nouveau, reposa dans
le grand lit dont les rideaux entièrement tirés interceptaient
toute clarté.

Il était toujours dans le même état les yeux démesurément ouverts, mais mornes et sans expression, le teint pâle,
le nez pincé ; et, sans le souffle rauque et sifflant qui, par
moment, entr'ouvrait ses lèvres blêmes, on eût pu le croire
mort déjà.

Assis au chevet du lit, ses grandes lunettes à cheval sur
son nez busqué, le docteur ne le quittait pas du regard.
Plus loin Herber pesait, triturait, manipulait les drogues.

Pour sa famille, le docteur s'était contenté de lui faire
dire par un domestique qu'il était occupé. Or, comme cela
arrivait régulièrement chaque jour, Mistress Honora
Himman et ses deux filles, bien que sachant qu'un inconnu

avait été transporté sous leur toit, s'étaient bien gardé
de le déranger, trop certaines de l'accueil qui leur serait
fait.

Coulant sur tous les autres points, le docteur ne souf-
frait pas que des profanes, surtout des femmes, missent le
pied dans l'Arche sainte.

— Qu'elles s'occupent de leurs chiffons! disait-il brutalement.

Pendant huit jours Hector resta entre la vie et la mort.
Dès la première nuit la fièvre s'était déclarée terrible,
sauvage. Le malheureux bondissait, se tordait sur sa
couche, hurlait, se démenait les yeux injectés de sang,
l'écume à la bouche. Dans de pareils moments le docteur
et son aide pouvaient à peine le contenir. Puis, subitement, le délire se calmait et c'était d'une voix douce, avec
un pâle sourire, qu'il évoquait les êtres chers, les doux
fantômes dont son imagination peuplait son chevet.

Un nom surtout revenait sur ses lèvres quand, abattu,
brisé par une crise violente, il retombait sans force sur son
lit : Jane! Alors il l'appelait, lui parlait, la conjurait de
lui répondre, il étendait les bras pour la saisir et la presser
sur son sein...

— Jane! murmurait-il, Jane, viens près de moi!... plus
près! plus près encore!... Ah! quel horrible cauchemar!
Pauvre enfant, j'avais rêvé que des misérables nous
avaient brusquement séparés... qu'ils m'avaient frappé...
Jane, dis-moi que tout cela n'est qu'un songe... que tu
ne me quitteras plus... Non, ce n'était pas vrai!... tu
es près de moi, ma main tient ta main, tout le reste est
oublié....

— C'est sa femme..., disait le docteur. Pauvre enfant!

— Hélas! ajoutait Herber, puisse cette erreur de ses
sens se prolonger longtemps encore!... Dans l'état actuel

il ne sent pas sa souffrance, il vit dans son rêve, il est
heureux... Mais qu'arrivera-t-il lorsqu'il se réveillera,
lorsqu'il ne retrouvera plus à son chevet celle qu'il appelle
sans cesse ?...

— J'y songeais...

Cependant le danger s'effaçait et faisait place à l'espérance : la guérison s'affirmait. Point de demi-mesures,
Himman traitait son malade à l'Américaine, usait des
remèdes les plus audacieux. Chaque jour il lui consacrait
de longues heures et quand ses occupations l'obligeaient à
sortir, Herber prenait sa place.

C'était en vain que Mistress Honora essayait d'inter-
roger son mari sur le *Français ;* le docteur était aussi
muet qu'une carpe.

— Je ne sais rien !

Telle était sa réponse.

Plusieurs fois la justice s'était présentée dans la petite
maison de Washington Street ; mais le blessé n'était pas
en état de répondre et, chose étrange ! jamais, même dans
ses accès de délire les plus furieux, il n'avait prononcé le
nom de son meurtrier.

Enfin, le neuvième jour, la fièvre tomba subitement.

En revenant à lui, Hector jeta un regard surpris sur les
objets qui l'environnaient. Tout dans cette chambre lui
était inconnu, et le docteur et Herber, debout à quelques
pas de là et à peine visibles dans la demi-obscurité ménagée
à dessein, lui semblaient des êtres fantastiques créés par
le cauchemar.

Il voulut porter la main à ses yeux pour chasser cette
vision importune ; mais une vive douleur qu'il ressentit le
ramena bien vite à la réalité.

— Je suis donc malade ! fit-il d'une voix faible.

A ces paroles, le docteur se rapprocha.

— Vous l'avez été en effet, dit-il. Mais rassurez-vous, tout danger est passé ; je réponds de vous maintenant.

Rapidement le docteur lui apprit comment on l'avait trouvé sanglant, inanimé dans un wagon, et comment la justice, croyant à un crime, parlait de le faire transporter à l'hospice quand lui, Himman, l'avait réclamé.

— C'est vrai !... murmura Hector. Je me souviens maintenant... Mais depuis, il s'est passé bien des jours, deux trois peut-être...

— Vous êtes resté neuf jours entre la vie et la mort.

— Neuf jours !... Et pendant ce temps, que s'est-il passé ? Oh ! je tremble !... j'ai peur !...

— Pas un mot ! dit le docteur avec autorité. Si vous avez besoin de vivre, il faut que vous m'obéissiez ou je ne réponds plus de rien. Quels que soient vos désirs, ils seront exécutés, quels que soient ceux que vous voulez voir, je les ferai appeler. Mais encore une fois, du calme : si la fièvre vous reprend, vous êtes un homme mort...

— Oh ! vous avez raison, docteur, il faut que je vive, il le faut ! Comment vous remercier ? Quels termes employer pour vous témoigner toute ma gratitude ? Oh ! n'en doutez pas, si mes lèvres sont muettes mon cœur parle éloquemment !... Soyez béni, mille fois béni !...

— Allons, il est dit que je ne vous empêcherai pas de parler ? Ménagez vos forces cependant, car bientôt il vous faudra subir un assaut redoutable : il vous faudra répondre à la justice, faire connaître le motif du crime, dépeindre votre meurtrier.

— Aucun crime n'a été commis, reprit après un moment Hector qui avait déjà réfléchi. Je me trouvais seul avec un individu dans un wagon de la ligne d'Harrisburg, lorsque, sous je ne sais quel prétexte, nous nous sommes pris de querelle, et je le souffletai... Vous connaissez l'esprit

Yankee. Nous étions armés tous deux, nous nous sommes battus. Je succombai et me croyant mort sans doute, craignant qu'on ne l'accusât de meurtre, mon adversaire a pris la fuite.

Le docteur hocha la tête.

— Non, dit-il, ce n'est pas cela. Racontez cette fable à la justice, elle vous croira ; mais moi qui ai sondé, soigné votre blessure, je ne me laisserai pas tromper à ce point. Quel que soit le motif qui vous guide, je le respecterai, soyez en sûr.

Hector tendit au docteur sa main amaigrie.

—Je n'aurai pas de secret pour vous docteur, dit-il. Dans combien de temps serai-je debout?

— Dans quinze jours, si vous ne vous émotionnez pas, vous pourrez gravir le Bran-Hill.

— Quinze jours !... Mais c'est un siècle !...

Le docteur sourit.

— Oh ! si vous saviez ! continua Hector en s'animant. Je vous l'ai dit : « Je n'aurai pas de secrets pour vous... » Ecoutez-donc...

Le docteur fit un signe à Herber, qui sortit sans affectation, et, revenant s'asseoir au chevet du malade, il lui prit la main.

— Parlez donc, dit-il, et songez que ce n'est pas un juge, mais un médecin, presqu'un confesseur qui vous écoute.

Hector remercia d'un regard et, aussi succinctement que possible, raconta au docteur les événements qui l'avaient envoyé en Amérique, la haine des bandits et enfin le stratagème dont ils s'étaient servi pour l'attirer dans un guet-à-pens.

Le docteur l'avait écouté en silence.

— Vous avez raison, dit-il, cette affaire n'est pas du

ressort de la justice : c'est par la ruse, l'audace qu'il faut dévoiler de tels coquins. D'ailleurs, bien que vous connaissiez le bras qui l'a armé, vous ne connaissez pas l'assassin. Qu'importe! je me mets entièrement à votre disposition, et ce soir Herber, un garçon en qui vous pouvez avoir toute confiance, prendra vos instructions et partira pour Boston et le Niagara. Cela vaut mieux de toutes façons, car une lettre, un télégramme risquerait d'être intercepté par vos ennemis.

— Que vous êtes bon, docteur!

— Ne faut-il pas que je vous sauve en dépit de vous-même? Maintenant bouche close! cet entretien n'a que trop duré.

Le lendemain le *Schief of Justice* et ses acolytes se transportèrent au chevet du malade. Hector leur raconta son prétendu duel avec un inconnu. En Amérique où toutes les libertés même celle de tuer sont admises, de tels faits ne sont pas rares. La fable d'Hector ne rencontra pas d'incrédulités; il signa, parafa sa déposition et l'affaire en resta là.

—————

XVII. — Où Phineas Griffith et ses compagnons risquèrent de passer un mauvais quart d'heure.

Revenons maintenant à Goliath que nous avons laissé à Buffalo sur le point de partir pour Boston.

En arrivant dans cette ville célèbre que Barnum lui-même appelle l'*Athènes moderne*, le brave garçon sauta

dans un cab et se fit conduire à Brookline où, si l'on s'en
souvient, habitait le colonel Mac Dowel. Il préférait
s'adresser au vieux soldat, pensant que le coup qu'il allait
lui porter, tout en étant aussi affreux, le laisserait plus
énergique que madame Lassalle.

Il ne se trompait pas. Atterré un moment, le colonel
releva la tête, et ce fut d'une voix brève, quand Goliath lui
eut répété par deux fois les détails de ce rapt odieux, qu'il
murmura :

— Les misérables !

— Oui, les misérables ! répondit Goliath.

— Mais que fait Hector ? Pourquoi vous envoie-t-il ?
Pourquoi n'est-il pas sur la trace des ravisseurs ?...

— Hélas ! il n'est pas encore revenu de Pittrole Lake où
l'a attiré un télégramme menteur peut-être

— C'est vrai... les puits en feu !... Mais nous agirons,
nous. Ma fille ! ma pauvre fille ! où l'ont-ils entrainée ?
Ah ! maudit soit ce jour où je l'ai laissé partir ! Pouvais-je
prévoir pourtant ?..... Hélas ! qui sait si je la reverrai
jamais ?...

Accablé sous le poids de cette douleur terrible, le vieux
soldat se laissa tomber sur un siége, pleurant, sanglotant
comme un enfant.

Mais cet homme de fer ne pouvait longtemps s'abandonner à une douleur stérile. Brusquement il se redressa
et, l'œil en feu, les poings crispés marcha droit à Goliath.

— Ils veulent la guerre, dit-il, soit, ils l'auront ! Dieu
pouvait me demander ma vie, je la lui eusse accordée sans
regret, mais me prendre ma fille, ma seule joie, mon
seul bonheur ici-bas, voilà qui est horrible ! Que comptez-
vous faire ?

— Retourner à Buffalo, essayer par tous les moyens

possible de découvrir la retraite des bandits, la sauver ou
périr...

— Bien, à cette tâche nous serons deux! Et madame
Lassalle?

— J'ai voulu vous prévenir d'abord.

— Vous avez eu raison. Pauvre mère! il vaut mieux
qu'elle ignore cette catastrophe. Restez ici, je passe chez
elle. Surtout pas un mot à personne.

Madame Lassalle habitait dans Chesnut-Hill, près des
réservoirs de Brookline, un petit cottage qu'elle avait loué
seulement, son intention étant de retourner passer l'hiver à
New-York. Le colonel la trouva seule suivant son habitude, travaillant auprès d'une grande fenêtre donnant sur
le jardin. En quelques mots, il lui annonça qu'il venait
pour prendre congé, car il partait pour Buffalo y chercher
Jane.

— Depuis le départ de son mari pour Pittrole Lake,
ajouta-t-il négligemment, la pauvre chère s'ennuie à périr.
D'ailleurs, de toutes façons, il vaut mieux qu'elle attende
près de nous.

Sans défiance madame Lassalle accepta comme valable
la fable du colonel. Elle fit plus, elle lui proposa de l'accompagner.

— Ce serait une fatigue inutile, chère mistress, répondit-
il, car mon intention est de revenir immédiatement.
N'attendez donc ni lettres ni nouvelles, et si par hasard
notre absence se prolongeait, soyez sans inquiétude aucune.

Sur ce il prit congé. Pendant ce temps son valet de
chambre avait préparé sa valise; il bourra son portefeuille
de banknotes, et se tournant vers Goliath:

— Partons, dit-il.

Une heure après, un train rapide les emportait vers
Buffalo.

Nous retouvons nos quatre coquins William, Bob et Ned Thorps ainsi que le vieux Phineas Griffith dans la petite maison de Buffalo. Ils avaient établi là leur quartier général, la prudence leur interdisant de trop se montrer à Clèveland.

Comme toujours on buvait, on fumait. Un nègre qui avait remplacé le vieux Salm bourrait les pipes, apportait sans cesse des bouteilles pleines, des tranches de jambon.

— Ça va ! ça va ! dit tout à coup William Clarke en se frottant les mains. L'oiseau est en cage, et quand nous saurons au juste à quoi nous en tenir sur l'*affaire d'Harrisburg*, nous pourrons agir.

— Mais s'il est vrai que l'homme ait passé de vie à trépas, interrompit Phineas, que ferons-nous de la prisonnière ?

— Nous la mettrons en liberté à moins que vous ne préfériez la mettre à rançon, répondit William railleusement.

Ils en étaient là de leur conversation quand l'escalier cria sous un pas lourdement cadencé. Les bandits prêtèrent l'oreille et se tournèrent vers la porte qui s'ouvrit aussitôt.

Joëe Thorps entra.

— Eh bien ? dirent toutes les voix.

Pour toute réponse le bandit entr'ouvrit son paletot et en tira un long couteau à la lame jaspée de taches brunes qu'il jeta sur la table.

Si endurcis que fussent Bob et Phineas, ils ne purent s'empêcher de frissonner à la vue de cette arme encore teinte de sang. William Clarke, lui ne sourcilla même pas.

— C'est donc fait ?... dit-il froidement.

— C'est fait ! répondit Joëe d'une voix sombre. Je l'ai frappé là, continua-t-il en portant la main à son cœur, et il est tombé comme une masse sans me reconnaître, sans même pousser un cri. Après avoir constaté sa mort, après lui avoir enlevé son portefeuille et ses bijoux pour laisser croire que le vol a été le mobile du crime, j'ai ouvert la portière et je me suis élancé sur la voie. A la plus proche station que j'ai gagnée à pied, j'ai attendu un train de retour et me voilà...

— Enfin! s'écria William, il est donc mort cet homme que je haïssais tant! Merci mon brave Joëe, vous avez glorieusement gagné votre part du trésor. Demain nous partirons pour Harrisburg et après demain les dollars seront à nous! Mais ce n'est pas tout, ce Goliath que Dieu confonde et le colonel Mac Dowel sont peut-être en ce moment à Buffalo; j'en ai été averti hier...

— Eh bien, pourquoi alors ne pas les prévenir? interrompit encore Phineas. Notre refuge de Détroit est prêt; nous pouvons d'un moment à l'autre y conduire la prisonnière, car, il ne faut pas l'oublier, tant que cet otage sera en notre possession, nous serons maîtres de la situation.

— J'y songeais et dès demain elle quittera Clèveland pour Détroit. Ces démons ici, elle n'y serait plus en sûreté... à moins que...

— A moins!... répéta Phineas.

— Que nous ne parvenions à les supprimer... Oh! je le hais, ce Goliath, autant, plus peut-être que son maître...

— Je suis prêt! fit Joëe Thorps en serrant le manche de son couteau avec un geste farouche.

William allait répondre, mais la parole expira sur ses lèvres; brusquement, le nègre s'était précipité dans la chambre.

— Les policemens cernent la maison! dit-il d'une voix tremblante.

Phineas bondit comme un tigre et écarta les rideaux de la fenêtre. Le nègre ne s'était pas trompé.

— Malédiction! dit-il.

La nuit était noire, nuageuse, mais de nombreux becs de gaz éclairaient le quai comme en plein jour et projetaient leurs traînées lumineuses sur les eaux glauques du fleuve.

Une douzaine de policemen aux uniformes sombres, aux casques de feutres rabattus sur les yeux, glissaient silencieusement le long des maisons voisines et venaient comme des ombres se grouper devant la porte de Phineas Griffith.

On eût dit qu'ils n'attendaient qu'un mot d'ordre pour agir.

Soudain William Clarke, qui s'était aussi rapproché de la fenêtre, jeta un cri et recula pâle, hagard, comme frappé de la foudre.

— Que satan le confonde ! rugit-il. Nous sommes perdus !

Il venait de reconnaître Goliath qu'accompagnaient le colonel et un sherif.

Phineas eut un sourire mystérieux.

— Pas encore ! dit-il. Tôt ou tard je devais m'attendre à une pareille visite et j'ai pris mes précautions en conséquence. Vous aviez raison, William, nous ne sommes plus en sûreté à Buffalo, nous devons même abandonner Clèveland. Venez...

Et tenant dans la main droite un revolver, dans la gauche une lampe, il descendit le premier.

Cependant, en bas, la porte résonnait sous des coups furieux ; on entendait des appels réitérés, des sommations impérieuses d'avoir à ouvrir à la police.

— Frappez ! impatientez-vous ! ricana Phineas. La porte est solide et résistera bien dix minutes, c'est plus qu'il ne nous en faut.

Ils étaient arrivés dans une des pièces du rez-de-chaussée. Alors Phineas s'approcha du mur et pressa un

bouton dissimulé dans la boiserie qui lambrissait la salle.
Une trappe s'ouvrit aussitôt dans le plancher, démasquant
les premiers degrés d'un escalier de pierre.

Les six hommes s'y engagèrent résolûment. A peine le
dernier était-il descendu, que la trappe, glissant dans des
rainures invisibles, se referma comme d'elle-même. Ils se
trouvaient alors dans une vaste cave encombrée de ballots,
de caisses et de tonneaux.

— Eh! eh! que dites-vous de ceci? ricana encore Phineas. Ces caves communiquent avec celles de John Winkook, mon gendre et successeur. Dans quelques minutes,
nous serons sauvés.

— Il était temps! murmura William en épongeant son
front moite de sueur.

Il était temps en effet! A peine la trappe s'était-elle
refermée que la porte, cédant sous des coups furieux et
répétés, s'effondra, livrant passage aux gens de la police.
Goliath et le colonel en tête, ils se précipitèrent dans la
petite maison qu'ils eurent bien vite fait d'explorer de bas
en haut. Mais pas de traces des bandits : la maison était
muette, lugubre comme un sépulcre.

— Trop tard! fit Goliath accablé, trop tard! Je l'ai pourtant vu entrer ici! continua-t-il d'une voix sourde; je l'ai
bien reconnu pourtant ce vieux pilleur d'épaves!...

Mais ce fut en vain que les policiers recommencèrent, la
trappe mystérieuse échappa à leurs investigations.

— C'est partie remise! murmura le colonel aussi atterré
que Goliath. Pourtant je me demande par où ces scélérats
ont pu prendre leur volée...

— Hum! répondit le sherif en hochant la tête, ce Phineas
Griffith est un rusé coquin! Depuis longtemps on le soup-
çonne de se livrer à un trafic interlope, mais sans pouvoir

9

le prendre la main dans le sac. Sa maison, soyez en sûr, est machinée comme une caverne de voleurs.

Et l'honorable James Law — un nom prédestiné — introduisit délicatement une énorme pincée de tabac dans ses larges narines. Puis ralliant ses hommes.

— Que trois de vous gardent les issues et empêchent que personne n'entre ou ne sorte, dit-il. En route les autres, nous n'avons plus rien à faire ici !

Accablés, découragés, Goliath et le colonel le suivirent.

Mais comment se fait-il que les deux hommes, à peine débarqués à Buffalo, aient si à propos découvert la retraite des bandits ?

C'est ce que nous allons expliquer sommairement.

Le hasard, ce grand maître qui sert si souvent les gens à leur insu, avait fait le miracle. Par une coïncidence étrange, les trains de Boston et d'Harrisburg par Elmira étaient entrés en gare à un quart d'heure de différence, et Goliath et le colonel étaient encore sur le quai quand, les mains dans les poches, le chapeau en arrière, fier de lui enfin, passa Joë Thorps.

Goliath tressaillit ; il venait de reconnaître le terrible naufrageur.

— Tenez, dit-il en serrant la main du colonel, cet homme est un des complices d'Archibald Loyton... Il était avec lui dans la grotte du Château du Diable ; il a coopéré, j'en jurerais, à l'enlèvement de mistress Lassalle.....

— Béni soit donc le Seigneur ! murmura le colonel. Goliath, suivez cet homme, ne le perdez pas de vue, et, quand vous saurez où il se rend, revenez...

— Mais alors ?

— Je vais au *State House* (1) chercher main forte. Vous me retrouverez là avec les policiers. Allez...

Goliath n'était pas novice dans l'art de *filer* quelqu'un. Joëe, d'ailleurs, satisfait de son expédition, qui le rapprochait du but, c'est-à-dire de la caisse aux dollars, était sans défiance, et c'est à peine si, en pénétrant dans la maison, il jeta par habitude un rapide regard derrière lui.

Mais la rue était tranquille et presque solitaire à cette heure.

Il poussa la porte et disparut dans la profondeur de l'allée.

Dix minutes après, Goliath était au rendez-vous où le colonel l'attendait bien accompagné.

XVIII. — A Détroit.

Vingt jours se sont passés depuis les derniers événements. Nous sommes à Détroit.

Cette petite ville bâtie à l'extrême nord-ouest du lac Erié occupe dans le sens inverse la même position géographique que Buffalo, sa rivale. Comme elle, elle mire ses maisons dans les flots bleus d'une rivière, avec cette différence pourtant que la rivière de Détroit, encombrée d'îles verdoyantes, véritables jardins couverts de prés, de cultures, d'arbres fruitiers, est plus large que le cours d'eau du Niagara et laisse un libre accès à la navigation.

Mais là ne s'arrête pas la comparaison : si la ville de

(1) Maison d'État.

Buffalo commande pour ainsi dire l'Ontario et l'Erié dont les eaux communiquent ensemble par les chutes géantes, la ville de Détroit est aussi située entre deux lacs le Huron et l'Erié.

Détroit justifie donc admirablement son nom, car c'est un véritable *détroit* que cette rivière aux flots bleus et calmes ici, là rageurs et bruyants, promenant plus loin ses méandres capricieux au milieu de plaines, de vallées où l'œil charmé croit reconnaître l'antique Arcadie.

D'ailleurs il suffit de jeter un coup d'œil sur la carte pour reconnaître que ces cinq lacs immenses : le Supérieur, le Michigan, le Huron, l'Erié et l'Ontario communiquent ensemble par un système de canaux et de détroits naturels, avant de précipiter leurs eaux dans l'Atlantique par ce déversoir énorme : le Saint-Laurent.

Détroit, dont la position stratégique était fort importante autrefois, doit sa fondation à des Français. Comme toutes les cités des bords du lac, elle fut longtemps l'objet des convoitises des peuples rivaux, le théâtre de luttes sanglantes, acharnées, alors que le Canada appartenait à la France. Puis Anglais et Américains entrèrent en lice ; les Indiens se mirent aussi de la partie, servant et trahissant les deux peuples, exerçant de terribles et sanglantes représailles, et Détroit connut encore des jours de gloire et de triomphe...

Aujourd'hui, tout cela est oublié ; les vieilles maisons au siècle passé, détruites par un incendie, ont fait place aux régulières mais peu poétiques constructions modernes. Tel qu'un vieux soldat qui abandonne l'épée pour conduire la charrue, Détroit, oubliant son passé guerrier, emportée par la fièvre de lucre et de spéculation qui s'est emparée de toutes les villes de l'Union, bâtit des usines, lance sur le lac et les rivières ses bateaux à vapeur, fait serpenter à

travers les terres incultes et sauvages les lignes de fer de
ses railways, s'agite, se démène, vit de la vie du siècle
enfin...

Après l'échauffourée de Buffalo, Phineas Griffith et ses
complices, ne se sentant plus en sûreté, avaient abandonné Clèveland pour Détroit. Le choix était judicieux en
effet, car de la ville située sur la rivière qui sert de frontière aux possessions anglaises et américaines, ils avaient
la possibilité, en cas d'alerte, soit de se réfugier au Canada,
soit de se jeter dans l'État de Michigan, vaste territoire
coupé de lacs et de rivières, hérissé d'épaisses forêts, de
collines boisées où vivent encore, comme au temps de la
conquête, de farouches trappeurs, des forestiers à peine
civilisés, des hordes d'indiens.

Les *associés* paraissaient sombres et préoccupés ; la
discorde commençait à se mettre parmi eux, car les trois
Thorps et le vieux Phineas reprochaient à William de perdre leur temps à garder une créature impuissante plutôt
que de courir à la conquête du merveilleux trésor du
Susquehanna.

— Puisque le maudit français n'est plus, disait Phineas
avec humeur, pourquoi perdre notre temps à garder cette
mijaurée qui ne peut rien contre nous ? Ne vaut-il pas
mieux en finir d'un seul coup ? Ils nous croient au nord,
prouvons leur le contraire en agissant au sud... le trésor
en notre possession, il nous sera facile de nous mettre en
sûreté, fallût-il passer la mer.

Les trois autres coquins opinaient du bonnet.

Mais William hésitait... Après s'être vengé d'Hector, il
voulait frapper Goliath ; il éprouvait une joie amère, sauvage à la pensée qu'il tenait entre ses mains la femme de
celui qu'il avait tant haï ; il voulait qu'elle aussi portât le
poids de son effroyable haine...

Pourtant il ne s'était pas une seule fois présenté devant elle depuis le jour de l'enlèvement.

— Cet état de luttes incessantes, de ruses perpétuelles nous pèse à la fin! reprit Phineas. C'est tenter le sort... L'autre jour nous avons failli être pris comme des rats dans une ratière : savons-nous ce qui arrivera demain ? A force de jouer avec le feu, on finit par se brûler...

Plus que jamais Ned, Bob et Joëe opinèrent du bonnet.

— Soit, agissons! dit enfin William. Mais cette femme ?

— Il est si facile de s'en débarrasser, soit en la lâchant, soit en...

— Que voulez-vous dire?...

— Salm, mon vieux nègre, connaît des poisons qui ne laissent pas de trace...

William frissonna.

— Auriez-vous peur ? continua Phineas avec un sourire railleur. Quand on commet une faute, on doit en subir les conséquences... Cette femme ne nous gênait aucunement ; vous avez voulu l'avoir, vous l'avez eue... Mais aujourd'hui que sa disparition importe à notre sûreté, hésiter serait folie... *Il n'y a que les morts qui ne reviennent pas.*

William devint blême... Il se rappelait ces paroles que Nichols lui avait dites bien des fois; il se souvenait que c'était faute de ne pas l'avoir écouté que la fraude de la villa Creikfoorth avait été découverte, et il courba la tête.

— Qui lui donnera le poison ?... fit-il après un long silence.

— Il est facile de le mêler à ses aliments, à sa boisson. Nous opèrerons ce soir : la mort sera pour ainsi dire foudroyante, et à la faveur de la nuit, nous pourrons lever le pied sans éveiller les soupçons... Personne ne nous connaît ici ; notre trace sera bien vite perdue.

— Qu'il en soit fait ainsi! dit William d'une voix brève.

Cette conversation avait lieu à Détroit dans une petite maison située presqu'à l'entrée de la ville, au bord de la rivière.

Le crime résolu, les bandits parurent plus tranquilles et se séparèrent pour vaquer aux préparatifs de leur prochain départ.

Mais la Providence veillait : ce complot avait eu un témoin : Mary... Bourrelée de sombres pressentiments, craignant pour la vie de celle à qui elle avait voué une amitié ardente, sachant les bandits capables de tout, même d'un crime, elle les épiait sans cesse, essayait de connaître leurs projets, de deviner leurs intentions. Ce jour-là, cachée dans une pièce voisine, elle avait entendu leur horrible conversation. A ce mot *poison*, elle avait senti un frisson glacial la secouer jusqu'à la moelle, tout son être vibrer de douleur et de honte et il lui avait fallu se contraindre pour ne pas s'élancer dans la salle en criant :

« Lâches !... assassins !... je ne vous laisserai pas com-
» mettre ce crime infâme !... »

— Et c'est mon père !... murmura-t-elle les yeux pleins de larmes, la voix brisée; c'est mon père !... Oh ! mon Dieu, pourquoi m'avez-vous laissé vivre? pourquoi ne m'avez-vous pas prise en même temps que ma pauvre mère puisque pas une honte, pas une ignominie ne devait m'être épargnée? C'est mon père !... et il me faut rougir de honte, l'accuser ! Oh ! c'est horrible !... Non, ce crime ne s'accomplira pas !... Dussé-je les accuser, elle ne mourra pas !... Accuser mon père... oh ! malheur !... malheur sur moi !...

Placée en face de ce dilemme affreux : accuser son père ou laisser le crime s'accomplir, la jeune fille hésita longtemps. Tout ce que sa nature avait de droit, d'honnête se révoltait à la pensée que son silence la ferait en quelque sorte la complice tacite des assassins. Et pourtant ! accuser son père, être la cause de sa condamnation, de sa mort. peut-être !... C'est ce qu'elle ne pouvait supporter...

— Mon Dieu, éclairez-moi ! murmura-t-elle enfin. Non, elle ne mourra pas, c'est impossible, et puisque la fuite est notre seule chance de salut, eh bien ! à la grâce de Dieu !...

Et plus calme depuis qu'elle avait pris une résolution, elle monta chez la jeune femme.

Cet appartement, à peine meublé d'un lit, d'une table et de quelques fauteuils, était éclairé par deux fenêtres sans grilles, sans barreaux d'où la vue embrassait à la fois et la rivière et la ville qui découpait plus loin les silhouettes de ses maisons, de son State-House, de ses temples sur l'azur vaporeux du ciel.

Jane était assise près de la fenêtre. Repliée sur elle-même, pâle, le regard morne et sans expression, la jeune femme était horriblement changée. Elle avait tant souffert, non-seulement de sa captivité, mais encore des sombres chimères qu'elle se créait comme à plaisir, qu'elle en était venue à une sorte de prostration idiote et maladive.

Chaque jour elle s'affaissait davantage, chaque jour l'espoir insensé qui la soutenait dans les premiers temps de sa captivité se changeait en une sombre désespérance : elle souhaitait de mourir.

— Pourquoi Hector ne l'avait-il pas délivrée, retrouvée ? Était-il lui aussi victime des agissements de ces odieux bandits ? Mais d'où venait cette haine ? Pourquoi s'attaquait-on à elle pauvre créature qui, dans le cours de sa vie, ne s'était pas connu un ennemi ?...

Autant d'énigmes qu'elle se posait sans pouvoir les résoudre.

A l'entrée de Mary, elle ne releva même pas la tête.

— Mistress, dit la jeune fille en s'avançant vers elle, réjouissez-vous : ce soir vous serez libre.

Elle bondit comme touchée par un fil électrique.

— Libre ! fit-elle, libre !... Mais alors il connait ma retraite ; mais il est ici !...

Mary hocha la tête. Elle savait la pauvre fille, elle l'avait entendu dire par les bandits, qu'Hector n'était plus. Cependant elle ne voulut pas la décourager.

— Non, mistress, c'est moi : moi seule qui vous reconduirai chez vos parents... Vous m'avez bien des fois proposé de faciliter votre fuite, offert de l'or, j'ai refusé. Aujourd'hui les motifs qui me guidaient n'existent plus; nous fuirons ensemble.

— Oh ! s'écria Jane en la pressant dans ses bras, soyez bénie !

— Ne me remerciez pas, mistress ; car à votre délivrance, je mets une condition.

— Parlez... laquelle ?

— Quoi qu'il arrive, vous ne dénoncerez pas mon père.

— Je vous le jure, répondit Jane ; je me tairai, quand ce ne serait qu'à cause de vous, pauvre enfant, qui avez adouci ma captivité, de vous en qui j'ai trouvé une sœur véritable...

Mary hocha tristement la tête pendant qu'un sourire radieux rayonnait sur les lèvres de sa compagne. La jeune femme avait retrouvé toute son énergie, et c'était avec une impatience fébrile qu'elle attendait l'heure de l'action.

Tout en causant elle s'était approchée de la fenêtre ouverte.

Soudain elle poussa un cri.

— Cet homme ! dit-elle, cet homme !... C'est lui !...

Et du doigt elle désignait un homme de haute stature, entièrement vêtu de noir, au visage glabre à demi-caché sous un grand chapeau, qui, un paquet de livres et de brochures sous le bras, s'était arrêté devant la maison et la considérait attentivement.

Mary aussi s'était rapprochée de la fenêtre.

— Eh bien, dit-elle, c'est un clergyman, un distributeur de bibles.

L'explication pouvait être plausible. En Amérique où l'instruction religieuse est considérée comme la plus importante de toutes, il existe de nombreuses sociétés créées pour la propagation des bons livres et surtout de la bible, ce livre des livres par excellence. Rien ne rebute les pieux fondateurs : pendant que les uns copient, annotent, corrigent, torturent parfois les textes, font imprimer, les autres, commis-voyageurs d'un nouveau genre, courent les villes, les campagnes, distribuent libéralement aux riches comme aux pauvres leurs petites éditions. On en trouve partout de ces pieux distributeurs : aux courses, aux fêtes, à la sortie des théâtres, en chemin de fer, en bateau à vapeur ; ils ont accès dans les prisons, les casernes, les maisons particulières.

Mais Jane avait reconnu cet homme.

— Non, dit-elle, folle de bonheur, ce n'est pas un Clergyman, c'est John Hylliars, l'intendant de mon mari !...

Goliath, c'était lui en effet, au cri de la jeune femme avait redressé la tête. Une expression de joie délirante se peignit sur sa physionomie, et, résolûment, il marcha vers la porte.

Mais plus prompte que l'éclair, Mary lui fit signe de s'arrêter : un mouvement imprudent pouvant tout perdre. Déchirant alors une feuille d'un petit carnet, elle traça quelques mots à la hâte ; puis roulant le billet, elle l'introduisit dans l'orifice d'un dé à coudre et jeta le tout par la fenêtre.

Goliath se précipita sur le billet qu'il déploya et lut rapidement; et, faisant signe qu'il avait compris, disparut dans la direction de la ville.

Les deux femmes eurent un soupir de soulagement.

— Soyez heureuse, mistress, murmura Mary avec un pâle sourire, ce soir vous serez sauvée. Mais je vous quitte. Un plus long séjour ici pourrait éveiller l'attention des... des autres. A ce soir.

Et elle sortit. A peine avait-elle franchi le seuil que Salm, le vieux nègre, un sourire sinistre aux lèvres, entra et déposa sur la table un verre et une carafe d'eau glacée.

XIX. — L'Empoisonnement.

Rapide comme un voleur qui emporte un trésor long-temps convoité, Goliath s'éloignait à grands pas de la petite maison. Quand il se crut assez éloigné, il ouvrit de nouveau le billet que lui avait jeté Mary :

« Ce soir, à minuit « écrivait la jeune fille » attendez-» nous sur la route. Nous serons prêtes. »

— Allons, fit-il avec un sourire joyeux, nous n'avons pas perdu notre temps.

Et il pressa le pas autant que le lui permettait le grave costume qu'il portait.

Car c'était une des idées de Goliath. Américain pur sang, il connaissait la vénération qu'inspirent les pieux *commis-voyageurs* en bibles; il savait que leurs allées et venues ne sont suspectes à personne, que toutes les portes leur sont ouvertes. C'était donc sous ce costume que le colonel et lui se disposaient à quitter Buffalo lorsqu'ils y furent rejoints par Aristide.

Le pauvre garçon avait perdu sa gaieté, son insouciance habituelles. Il apportait de si mauvaises nouvelles!... Pittrole Lake était en feu, et, malgré ses actives recherches sur la ligne d'Harrisburg à Buffalo, il n'avait pu trouver la trace d'Hector.

On oublie vite en Amérique où chaque jour apporte des préoccupations, des événements nouveaux! Le lendemain de la catastrophe, personne à Harrisburg ne se souvenait de cet étranger trouvé assassiné dans un wagon...

Désespérés, mais puisant dans l'excès même de leur douleur une énergie, une activité nouvelles, les trois hommes avaient successivement exploré toutes les petites villes de la région, Kingston, Oswégo, Rochester, Port Hope, sur les rives de l'Ontario; Cleveland, Erié, Sandusky, Victoria, Détroit, sur celles de l'Erié.

Chaque jour ils communiquaient avec Jasmin laissé comme on le sait à Buffalo et lui demandaient s'il était sans nouvelles d'Hector. Mais, hélas! les réponses se suivaient avec la même désespérance : Rien! toujours rien!...

Nos amis avaient pris gîte à Détroit dans un bar-room tenu par un français, du moins il se disait tel et affirmait de plus descendre des premiers colons qui, en 1610, s'établirent dans ces parages solitaires. Le fait par lui-même n'avait rien de bien extraordinaire, car, aujourd'hui encore presque tout le Michigan est peuplé des descendants de ces colons mêlés à des métis nés de pères français et de mères indiennes.

Cette population est fort attachée à la religion catholique et possède de nombreuses églises tant à Détroit que dans les villes et les villages environnants.

Quoi qu'il en soit, nos amis s'étaient bien gardés de contredire Louis Douville, dont le baragouin moitié français, moitié anglais les amusait, et duquel, sans qu'il s'en doutât, ils espéraient bien tirer des renseignements précieux.

Un soir, ils étaient réunis dans l'unique chambre que Louis Douville avait pu leur céder, quand la porte s'ouvrit brusquement.

Un homme hâve, défait, mais le regard étincelant, entra.

— Hector ! s'écria Aristide en lui tendant les bras. Toi !.. mais d'où sors-tu donc ?...

— De la tombe ! fit-il avec un pâle sourire ; et voici mon sauveur...

En même temps il démasqua un nouveau personnage, le docteur Himman.

— Tu as donc retrouvé notre trace ?

— Oui. En quittant Harrisburg où... mais je vous conterai ça plus tard. En quittant Harrisburg, je me suis dirigé sur le Niagara. Déjà un ami, Herber, était allé à Boston trouver ma mère ; mais la pauvre femme ne savait rien si ce n'est que le colonel aussi était parti pour le Niagara. « Au Niagara donc ! » dis-je ; et malgré mes souffrances, à peine remis, je voulus partir. Comprenant qu'il le fallait, qu'il n'obtiendrait rien de moi, le docteur s'est résolu à m'accompagner. Hélas ! nos épreuves n'étaient pas finies !... A l'hôtel du *Faucon* on nous renvoya à Buffalo trouver un certain Jasmin qui, lui, à son tour, nous donna votre adresse, et nous voilà...

— Pauvre ami! fit Aristide en lui pressant les mains.

— Mais Jane?... Jane?... reprit Hector, qu'est-elle devenue?... Oh! je prévois un malheur!... Qu'importe, parlez... Oh! parlez!... parlez... j'aurai la force de vous entendre...

Ni Goliath ni Aristide n'osaient répondre. Quant au colonel, la tête baissée, il tenait les mains sur ses yeux pour ne pas montrer ses larmes.

— Parlez! reprit Hector avec une impatience fébrile. Parlez que je sache au moins si je dois la pleurer... la venger...

Et, accablé, éperdu, il se laissa tomber sur un siége.

Le docteur Himman se précipita vers lui.

— Oh! docteur!... docteur! reprit-il; il valait mieux me laisser mourir... Je ne souffrirais plus...

— Non, fit le docteur d'une voix grave, non, car vous êtes un homme, car vous réagirez contre la douleur et le désespoir...

— Ah! docteur, vous ne pouvez savoir.

Puis prenant la main d'Aristide, il reprit.

— Parle, j'écoute.

. . . .

. . . .

La nuit étendait ses voiles opaques, où brillaient comme des escarboucles des milliers d'étoiles, mondes jetés par la main de Dieu dans l'infini, sur la ville et la rivière de Détroit.

Sur les eaux qui réfléchissaient dans leurs profondeurs toutes ces clartés tremblantes, les îles se profilaient grises, indécises, semblables avec leurs grands arbres festonnés de lierres à des navires à l'ancre.

Dix heures sonnaient. Sauf quelques ivrognes installés dans les bar-room, quelques coureurs d'aventures glissant mystérieusement le long des voies ténébreuses, la ville était calme et silencieuse.

Pâle, tremblante mais résolue, Mary montait chez Jane.

Elle savait que les bandits, le soir, avaient l'habitude soit de courir les bar-room, soit de s'enivrer à domicile, et elle était résolue de mettre ce temps à profit pour courir au rendez-vous qu'elle avait assigné à Goliath.

Elle poussa la porte. Sur la table, auprès d'une carafe et d'un verre à moitié vide qu'elle éclairait de ses rouges reflets, brûlait une bougie; à quelques pas de là, assise dans un grand fauteuil, Jane semblait reposer.

D'un coup d'œil rapide, la jeune fille embrassa cet ensemble.

Puis courant à Jane, elle la toucha légèrement du doigt.

— Réveillez-vous, mistress, dit-elle. L'heure approche, et il nous faut tout préparer pour notre fuite.

Jane ne répondit pas. Alors elle lui prit la main; mais elle recula en jetant un cri : cette main était déjà rigide et glacée...

— Oh! fit-elle assaillie par un soupçon atroce, morte!... Mais non, j'ai rêvé... je rêve... Mistress! mistress!... réveillez-vous...

Mais pas plus que la première fois, Jane ne répondit. Folle de douleur, envahie par une angoisse horrible qui la secouait tout entière comme une feuille au souffle de l'orage, elle la prit dans ses bras essayant de la ranimer sous ses baisers, sous ses larmes brûlantes... Hélas! un marbre n'est pas plus insensible que ne l'était la malheureuse jeune femme! c'était bien fini...

— Oh! qu'ils soient maudits! maudits! fit-elle avec
égarement, ils l'ont tuée!... C'est ma faute aussi, reprit-
elle ; j'aurais dû la prévenir, lui montrer le danger... Et
Dieu ne frappera pas de tels monstres ?... Son tonnerre ne
les écrasera donc pas une bonne fois ?... Ah ! je suis folle!...
j'ai peur! A moi ! à moi !...

A ce cri déchirant, William, Phineas et les autres
coquins gravirent précipitamment l'escalier. Agenouillée
près du fauteuil, le visage voilé derrière ses deux mains,
Mary pleurait.

Il ne fallut qu'un coup d'œil aux bandits pour comprendre que leur œuvre infâme était consommée.

— Morte !... dit Phineas.

— Oui, morte! s'écria Mary qui se redressa sublime de
douleur et d'indignation ; morte, et c'est vous qui l'avez
tuée... Oh ! n'essayez pas de le nier : ce matin j'ai surpris
votre odieux complot. J'ai voulu la sauver... hélas! tout
ce qui vous approche est maudit comme vous... Dieu m'a
repoussée comme indigne...

— Mary! ma fille!... murmura le vieux Phineas bouleversé jusqu'au fond du cœur.

— Ne m'appelez plus votre fille, je ne vous connais plus!
fit-elle avec un mépris écrasant. Mais qu'attendez-vous là?
La justice ?... Je l'attends aussi...

— Mary, il faut nous suivre...

— Jamais!... N'essayez pas de me contraindre, de
m'arracher de cette chambre, de me séparer de cette
chère dépouille... ne l'essayez pas. Il reste encore assez
de poison pour moi, continua-t-elle en saisissant le verre
laissé sur la table. Faites un pas de plus et je bois la
mort....

Elle paraissait si résolue, si acerbe que les bandits,
malgré eux, reculèrent jusqu'au fond de la chambre.

— Partons! dit William d'une voix sourde. On peut venir d'un moment à l'autre et, dans l'état où elle se trouve, elle n'hésiterait pas à nous livrer.

— Mais c'est ma fille!... mais je ne puis l'abandonner ainsi, la laisser près de ce cadavre!... s'écria Phineas. Il faut qu'elle nous suive, fallût-il employer la violence...

— Laissez-là... Salm et Barbara ne quitteront pas la maison et demain, quand son exaltation sera tombée, elle comprendra qu'elle ne peut livrer son père au bourreau, elle cédera...

Phineas poussa un soupir et se laissa emmener par les sinistres gredins.

Restée seule, Mary s'agenouilla de nouveau près du cadavre, priant, pleurant ardemment. Son immense douleur l'envahissait tout entière, ne lui laissait même pas la faculté de sentir; les sanglots, les prières jaillissaient de ses lèvres sans qu'elle comprît seulement ce qu'elle disait.

Parfois pourtant il lui semblait que la main qu'elle tenait tressaillait dans la sienne, que ce charmant visage que la lueur de la bougie éclairait vivement n'avait pas la couleur terreuse, plombée de la mort. Alors elle se levait prise d'un espoir insensé; mais la désespérance la saisissait de nouveau et elle se remettait à prier, à pleurer.

Les heures s'écoulaient lentes et pleines d'angoisses. Minuit sonna. Minuit! c'était cette heure qu'elle avait assignée au sauveur... il était là, il attendait... Ah! mieux valait qu'il vînt, la solitude de cette chambre mortuaire l'effrayerait moins, ils seraient deux pour pleurer, parler d'elle...

Elle se leva chancelante et marcha vers la fenêtre. Mais à ce moment des ombres nombreuses parurent dans

l'entrebâillement de la porte, et un homme jeune encore,
mais pâle et affreusement défait se précipita dans la
chambre en criant.

— Jane! Jane, ne craignez rien, c'est moi!...

Mary se détourna. Elle n'avait jamais vu Hector, et
pourtant, à ce cri parti du fond du cœur, elle eut l'intui-
tion que c'était lui. Alors elle marcha droit à lui et, lui
prenant la main, elle le conduisit en face du cadavre.

— La voilà!... dit-elle. Ils l'ont empoisonnée!

— Morte! s'écria-t-il avec une explosion de larmes et de
sanglots. Morte, ma Jane adorée!... Ah! Dieu est bien
cruel! Il m'a donc maudit puisqu'il me la reprend?..

Chancelant comme un homme ivre, abîmé dans une
douleur sans nom, il s'abattit sur ses deux genoux et, la
tête ensevelie dans ses deux mains, il pleura...

Groupés au fond de la salle, Aristide et Goliath se
regardaient, sombres, épouvantés des éclats de cette douleur farouche.

— Il en mourra, murmura Goliath, et ce sera de notre
faute : nous n'avons pas su veiller.

Sans force, le colonel était tombé dans un fauteuil.

Ce coup affreux l'avait brisé.

Seul, le docteur était resté calme. S'approchant de la
table, il s'empara du verre contenant encore un reste de
poison et, trempant son doigt dans le funeste breuvage, il
le porta à ses lèvres. Son œil brilla. Puis il prit la main
de Jane et la tint longtemps dans la sienne.

— Non, dit-il tout à coup l'œil étincelant, le front
radieux, elle n'est pas morte!...

— Mon Dieu! murmura Hector.

— Elle est seulement plongée dans une profonde cata-
lepsie causée par l'excès même du poison, continua le
docteur. Les misérables avaient bien choisi leur agent : le

suc vénéneux du *Yédra* avec lequel les Indiens de la Californie empoisonnent leurs flèches; mais ils n'ont pas su en calculer la dose, ils l'ont dépassée, et j'en connais le contre-poison...

« Avec l'aide de Dieu, j'espère la sauver... »

XX. — Le Trésor du Susquehanna

Transportons-nous sur les rives du Susquehanna à deux jours d'intervalle.

C'est le soir. Voilée sous d'épais nuages aux teintes grisâtres et cotonneuses, la lune ne jette qu'à de rares intervalles sa clarté molle et vaporeuse sur le paysage; mais les millions d'étoiles diamantées, qui piquent le fond sombre du ciel, et dont les faibles rayonnements tremblottent comme des flèches d'argent sur la surface agitée du fleuve, tempèrent encore la profondeur des ténèbres.

En cet endroit, le fleuve à peine encaissé roule sans bruit ses eaux entre deux rives couvertes d'épaisses forêts de cèdres, de hêtres, de pins parasols et de mérisiers blancs. Plus loin, le sol s'exhausse en montagnes, en collines aux croupes mollement arrondies. Mais tout cela apparaît faible, indécis, à peine estompé dans la demi-transparence de la nuit.

D'ailleurs, en cet endroit pas un village, une habitation; c'est la solitude complète.

Il pouvait être neuf heures quand une barque, montée par cinq hommes, vint atterrir sur le sable d'une petite crique ombragée de trembles et de bouleaux aux grands troncs blancs et droits comme des colonnes de marbre, de saules aux cimes échevelées, aux racines bizarrement tordues baignant dans l'eau profonde.

Les cinq hommes amarrèrent leur bateau au pied d'un arbre, puis débarquèrent portant sur leurs épaules des pics, des bêches, de grands sacs de cuir.

— Il fait noir comme dans un sac! grommela un des personnages en allumant sa pipe.

— Tant mieux, ami Joël! répondit celui qui paraissait guider la caravane; de cette façon nous n'aurons pas à craindre les regards indiscrets.

— Mary! Mary! murmura le plus vieux des aventuriers. Qu'est-elle devenue, la pauvre enfant!...

— Je calcule, master Griffith, fit sèchement celui qui avait déjà répondu à Joël, que si vous n'avez que ce refrain à nous corner aux oreilles, vous feriez bien mieux de vous taire. Rassurez-vous, les femmes ne se perdent pas comme cela ; cette engeance, malheureusement, se retrouve toujours. Mais si vous redoutez tant de la perdre, qui vous empêche de courir après elle ?...

Le vieux Phineas — on a reconnu nos coquins — ne répondit que par un soupir et emboîta docilement le pas derrière son chef de file.

La petite troupe continuait sa route.

— Voilà l'endroit ou s'élevait le *log-cabin* de Jim Bigg, reprit William. L'herbe et la mousse ont couverts les débris, mais l'emplacement est visible encore.

— Mais il sera plus difficile de reconnaître le lieu où dort le magot ? fit Bob.

— Je le trouverai les yeux fermés. Marchons.

Ils s'étaient engagés dans la forêt. Les arbres avaient tous leurs riches frondaisons, et d'une cime à l'autre couraient de longs cordons de lierre, de plantes grimpantes, de lianes émaillées de fleurs. Les troncs noirs, rugueux s'accusaient dans l'obscurité ou émergeaient brusquement de l'ombre semblables aux colonnes, aux pilliers d'un temple fantastique.

Bientôt la forêt s'éclaircit et montra dans un espace entièrement nu une masse de rochers hauts, capricieusement taillés, qui sous la pâle refraction de la lune affectaient la forme d'un château gothique, avec ses tours, ses donjons crénelés, ses grandes portes pleines d'ombre et de mystère.

William marchait le premier, jetant autour de lui des regards investigateurs comme s'il cherchait un point de repère. Soudain son indécision cessa; il alla droit à un quartier de roc avancé, et, frappant le sol du talon.

— Creusez ici, dit-il, nous tenons le trésor!...

En même temps il démasqua une petite lanterne qu'il avait jusqu'alors tenue sous son vêtement. Electrisés par ses paroles, les quatre bandits se mirent à l'œuvre et bientôt on n'entendit plus que le bruit des pelles et des pioches fendant le sol, le fracas des terres qui s'éboulaient. Les bandits, la sueur au front, mais l'œil étincelant, allaient, allaient toujours ne sentant pas la fatigue.

La pensée du trésor qu'ils allaient conquérir les fascinait.

Enfin Bob Thorps s'arrêta.

— J'ai entendu le bois résonner sous ma pioche, dit-il.

— Alors il ne reste plus qu'à déblayer doucement, répondit William. De l'ensemble.

Quelques minutes après la grande cassette, sortie de la fosse par quatre bras robustes, reposait sur le sol

— Enfin, nous le tenons! s'écria William. Rappelez-vous nos conventions et partageons.

— Partageons! répétèrent les bandits.

— Pas encore! fit une voix railleuse derrière eux.

Ils se détournèrent prêts à punir l'imprudent qui venait les troubler dans leur joie. Mais le cri de mort qu'ils allaient proférer se changea bien vite en un cri de déses-poir : ils étaient cernés par un détachement de police-mens...

Pendant que, perdus dans leur travail, ils n'avaient de pensées que pour le trésor enfoui sous terre, une petite troupe, composée d'une vingtaine d'individus, était silen-cieusement sortie du bois. Chaque policeman tenait d'une main une de ces petites lanternes qui servent pour les rondes nocturnes, un revolver de l'autre.

Pris au piége, les bandits n'avaient même plus la res-source des ténèbres pour cacher leur confusion.

— Rendez-vous! dit d'une voix brève l'officier de police qui commandait le détachement.

— Et de quel droit, en vertu de quel ordre, venez-vous nous troubler? essaya de protester William.

— En vertu d'un ordre de moi! s'écria Hector qui écarta les policemens, se plaça au centre du cercle lumineux produit par les lanternes. Nous vous tenons enfin, Archi-bald Loyton, autrement dit William Clarke et cette fois vous ne nous échapperez pas...

Les cheveux hérissés sur son front moite de sueur, tout le corps agité par un tremblement convulsif, William se recula comme devant une vision infernale.

— Lui! Lui!... Il n'est donc pas mort! fit-il enfin.

— Non, misérable : Dieu m'a protégé comme il a protégé ma pauvre Jane. Meurs donc de rage : tes victimes t'échappent...

— Il faut en finir, dit le chef du détachement.

Surpris, foudroyés par cette apparition soudaine, les bandits n'avaient pu tenter aucune résistance et s'étaient laissés garrotter. Les policiers les placèrent au milieu d'eux, et le revolver armé, l'œil aux aguets reprirent le chemin de la forêt.

Hector, Aristide, Goliath et le colonel marchaient les derniers.

Un petit steamboat sous pression attendait sur le fleuve.

Au moment où les prisonniers allaient s'embarquer, Phineas Griffith sentit une main délier les cordes qui le retenaient captif et une voix, la voix d'Hector, murmura à son oreille :

— Les policemens sont occupés; profitez-en pour vous jeter sous bois où on ne vous poursuivra pas. Voici de l'or, un revolver; allez et bénissez le nom de votre fille, car c'est à cause d'elle, d'elle seule, entendez-vous, que je vous fais grâce...

— Et tâchez de changer de genre de vie, ajouta Aristide, car, vous le voyez, le crime souvent conduit ailleurs qu'à la fortune.

Égaré par tant de générosité, Phineas s'enfuit sans pouvoir répondre.

Le trésor avait été emporté par les policiers.

Quelques minutes après le petit vapeur se mettait en marche.

Bientôt les prisonniers furent débarqués à proximité d'une gare de chemin de fer, et le lendemain, ils arrivaient sous bonne escorte à Philadelphie, la ville des *quakers*, la capitale de l'état de Pensylvanie.

La disparition de Phineas Griffith avait été constatée sur le vapeur; mais alors il était trop tard pour le poursuivre.

Pendant que les policemens écrouaient leurs prisonniers au State Prison, Hector et ses amis remontaient en wagon et partaient pour Baltimore, où le docteur Hinman avait conduit Jane, comptant avec raison sur le climat sain et tempéré, les fraîches brises de mer pour hâter sa guérison.

— Enfin! s'écria Aristide pendant que le train courait à toute vapeur au milieu d'un paysage enchanteur; enfin, nous voilà donc sortis de cette série d'aventures baroques? Pour ma part, j'avoue qu'il en était temps! Depuis près d'un mois je ne vivais plus, et à l'heure actuelle, je suis sûr qu'il m'est poussé des cheveux blancs...

— Et à moi! firent nos amis qui avaient repris toute leur bonne humeur.

— William Clarke ou Archibald Loyton, Bob, Joë, Ned Thorps, à l'heure qu'il est, sont sous clef et ne nous gêneront plus de longtemps, continua Aristide. Seul master Phineas Griffith court les champs; grand bien lui fasse! Mais je crois que nous avons été imprudents de l'épargner: le coquin à encore griffes et dents et pourrait bien mordre à l'occasion.

— Que peut-il? fit Hector.

— Hum! on ne sait... N'est-ce pas moi qui le premier me suis défié? N'est-ce pas moi qui le premier ai flairé la résurrection de ce coquin qui a nom Achibald Loyton?

— Ne regrettons pas cet acte de clémence, fit le colonel d'une voix grave. Phineas avait de grands torts envers nous, le premier il a eu la pensée du crime, mais nous ne serions pas chrétiens si nous ne lui pardonnions. Souvenons-nous aussi de ce que miss Mary a fait pour Jane,

et oublions la scélératesse du père pour ne songer qu'au
dévouement de la fille...

— Oui, murmura Goliath avec une vivacité qui les sur-
prit tous ; pardonnons.

— *Amen !* répondit Aristide

Le soir même le train s'arrêtait à Baltimore.

Les aventuriers saluèrent d'un joyeux hurrah cette belle
capitale du Maryland, qui, depuis le xvii° siècle, époque
de sa fondation, a fait plusieurs fois peau neuve pour
devenir la cité radieuse, éblouissante que nous connaissons
aujourd'hui.

C'est que Baltimore, s'élevant au fond de la splendide
baie de Chésapeake, presqu'à l'embouchure du Susquehanna, à proximité de la rivière Patapsco dont les mille
affluents font mouvoir les roues des tanneries, des mino-
teries, des sucreries, est admirablement situé pour le
commerce sans lequel il n'est plus de prospérité aujour-
d'hui.

Autour de la ville se groupent des bourgs, des petits
villages excessivement peuplés, excessivement commerçants ; et, du sommet de *Fédéral-Hill,* qui domine le port,
le glorieux drapeau étoilé flotte librement au souffle de
la brise et semble protéger l'immense cité et ses habitants.

Mais voici la ville proprement dite, un fouillis, un entassement prodigieux de maisons toutes hautes, toutes monumentales, dont les toits de zinc ou d'ardoises brillent au
soleil et que dépassent mille tours, mille flèches, des
dômes, des coupoles, des clochers ; voici les bâtiments de
l'archevêché, la cathédrale splendide, la douane, le State
House ou maison d'État, les bourses, les théâtres, etc...

Et dans ces larges avenues : Baltimore Street, Lombard
Street, Ligh Street ; sur ces places, dans ces squares, ces

jardins, quelle animation! qu'elle surabondance de vie! Négociants, oisifs, ouvriers, soldats, matelots, tout cela grouille comme une fourmilière immense, va des grandes artères aux quartiers excentriques, a des mouvements de flux et de reflux comme une mer véritable.

Descendons sur les quais où s'entrecroisent des navires de tous les tonnages portant tous les pavillons : caboteurs, fins voiliers, steamboats, steamers énormes, barques de pêche, etc.... Les porte-faix accourent, les grues à vapeur sifflent, et les marchandises, les amas de tonnes et de ballots, sortis avec une rapidité fantastique des cales profondes, se placent immédiatement sur les plateaux des wagons que remorquent des locomotives puissantes...

Des cavaliers fringants, des voitures traînées par deux et souvent quatre chevaux passent au grand galop, transportant, les unes les touristes à Druid-Hill-Park, à Prospeck Hill, à Patterson-Park, au lac Rolland, etc., les autres les négociants, les banquiers aux Docks, à la Bourse, à leurs bureaux du Quai.

C'est l'image de l'activité humaine poussée à ses dernières limites.

De même que Richemond, sa rivale, la ville de Baltimore fait un commerce étendu de coton qui emploie des milliers de nègres, et nous n'apprendrons rien à nos lecteurs en leur disant que le tabac du Maryland jouit d'une réputation incontestée.

Cependant nos amis, en arrivant à Baltimore, n'avaient fait que sauter du wagon dans une voiture qui les conduisit rapidement à la place de l'*Exchange* où s'élevait le *Grand-Hôtel européen*.

Comme ils n'avaient fait qu'un saut du wagon à la voiture, ils ne firent qu'un bond de la voiture au grand parloir de l'hôtel.

Madame Lassalle, Jane, Mary et le docteur Himman étaient là qui les attendaient.

— Enfin, dit Jane en se précipitant dans les bras de son mari, nous voilà !...

— Oui, ma Jane aimée, fit-il d'une voix émue ; oui, grâce au ciel, nous voilà réunis pour toujours...

— Dites grâce au docteur Himman, interrompit le colonel, car c'est lui qui l'a sauvée !

— Hum ! fit le docteur, je n'en n'ai pas toute la gloire. Comme ce vieux chirurgien Français, Ambroise Paré, je crois, je puis dire de mes malades : *Je les soigne ; Dieu les guérit !* »

CONCLUSION.

Que pourrons-nous dire pour conclure ?

Débarrassés de leurs ennemis impuissants maintenant à leur nuire, nos amis n'avaient qu'une hâte : retourner en France. Mais force leur fut cependant de rester à Baltimore ; le procès de William Clarke et de ses complices s'instruisait rapidement à New-York et à Philadelphie, ils ne pouvaient s'éloigner avant le prononcé du jugement.

La justice en Amérique n'a pas de ces lenteurs malheureusement si communes chez nous, et deux mois ne s'étaient pas écoulés que William ou Archibald, reconnu coupable sans circonstances atténuantes des crimes qu'on lui reprochait, était condamné à la peine capitale.

Il mourut comme un lâche en implorant la pitié du bourreau.

Joëe, Ned et Bob Thorps se virent, eux, condamnés à plusieurs années de travaux forcés et subissent en ce moment leur peine au *State Prison* de Jackson, près de cette ville de Détroit, théâtre de leur derniers exploits.

Avouons que les misérables avaient bien mérité leur sort.

Quant à Phineas Griffith, il jugea prudent de ne plus faire parler de lui.

Hector ne voulant pas souiller ses mains de l'or déjà taché de sang du Susquehanna, le légua aux villes de Baltimore et de Philadelphie, pour y être employé à des œuvres de piété et de moralisation.

Puis, libre enfin de toutes préoccupations, envisageant l'avenir avec confiance, la petite colonie française reprit le chemin de New-York où elle s'embarqua pour le Hâvre.

Mais elle n'était plus seule : deux mariages s'étaient conclus pendant les derniers mois de son séjour en Amérique.

Aristide Bonneau, le sceptique Parisien, l'éternel railleur s'était laissé prendre par les beaux yeux de miss Lavinia Himman. Comprenant que c'en était fait, que son cœur était pris à jamais, malgré ses tirades insensées sur le mariage, il avait bravement capitulé et non moins bravement offert sa main qui avait été acceptée sur-le-champ.

Le deuxième mariage était tout simplement celui du fidèle Goliath avec miss Mary Griffith, la fille du vieux Phineas. Lui aussi il avait compris le vide de l'existence solitaire, senti le besoin de se créer une famille, un intérieur; et qui pouvait mieux lui convenir que la pauvre abandonnée, l'enfant sans foyer? Il l'aimait d'ailleurs à cause de son dévouement pour Jane, et quand tremblant, craignant d'être refusé, il s'était ouvert à Hector, celui-ci lui avait répondu :

— Je vous approuve, Goliath, vous ne pouvez faire un meilleur choix. Miss Mary n'est pas responsable des fautes de son père, que dis-je? elle a même essayé de les réparer. Epousez-la donc et puisque ce fou d'Aristide a enfin trouvé son maître, les deux noces se feront le même jour.

— Mais.....

— Ne craignez rien, avait ajouté Hector, vous ne nous quitterez pas plus marié que célibataire.

Et comme l'avait dit Hector, les deux noces avaient été célébrées le même jour avec un luxe inouï. Jane avait voulu elle-même se charger du trousseau de la mariée, libéralement dotée déjà par Hector.

— C'est égal, avait dit Aristide en mettant le pied sur le pont du navire qui devait les ramener en France, nous avons eu de terribles épreuves, nous avons passé des jours et des nuits diablement difficiles, couru du nord au midi, du levant au couchant, et pour prix de tant de peines et de fatigues, nous n'avons gagné qu'une chose : la perte de notre liberté !...

— Bah ! répondit Hector avec un sourire, ne fallait-il pas que cela arrivât pour convaincre ceux qui un jour peut-être liront la relation de nos aventures ? Souviens-toi de ceci, ami ; tout roman qui ne finit pas par un mariage est un roman manqué.

— Alors, reprit Aristide, nous n'avons plus qu'un mot à ajouter au nôtre.

— Et lequel ?

— Celui-ci :

EUGÈNE PARÈS.

Brest, 14 novembre 1891.

FIN.

TABLE

—

FIN DE LA TABLE.

Limoges — Impr. EUGÈNE ARDANT et Cie.

www.ingramcontent.com/pod-product-compliance
Lightning Source LLC
Chambersburg PA
CBHW051144260626
47170CB00005B/1960